Great
Fortune
in Little Jokes

小笑话
大财富

《故事会》编辑部 编

上海文艺出版社 上海故事会文化传媒有限公司

图书在版编目（CIP）数据

小笑话　大财富：家庭笑话／《故事会》编辑部编
．—— 上海：上海文艺出版社，2022
　　ISBN 978-7-5321-8485-9

Ⅰ．①小… Ⅱ．①故… Ⅲ．①笑话-作品集-世界
Ⅳ．①I17

中国版本图书馆 CIP 数据核字 (2022) 第 168934 号

小笑话　大财富：家庭笑话

著　　者：《故事会》编辑部编
主　　编：夏一鸣
副 主 编：高　健
编辑成员：蔡美凤　胡捷　吴艳　杨怡君

责任编辑：蔡美凤
装帧设计：周艳梅
图文制作：费红莲
责任督印：张　凯

出　　版：上海文艺出版社
出　　品：上海故事会文化传媒有限公司
　　　　　（201101 上海市闵行区号景路159弄A座3楼 www.storychina.cn）
发　　行：北京中版国际教育技术装备有限公司
印　　刷：天津旭丰源印刷有限公司
开　　本：787毫米×1092毫米　1/32　印张4
版　　次：2022年10月第1版　2022年10月第1次印刷
I S B N：978-7-5321-8485-9/I.6693
定　　价：22.00元

上海故事会文化传媒有限公司 出品（00095）

想看更多精彩故事？
扫码下载故事会APP

是它,让平淡的生活多了一种味道

　　美国的一家咨询机构曾经做过一次别出心裁的调查:"你身边什么样的人最受欢迎?"本以为对于这个问题的回答定会丰富多彩、千奇百怪,统计结果却出现了惊人的一致性:懂得幽默、富有幽默感的人是最受欢迎的。人们都喜欢与幽默的人一起工作、共同生活,幽默成了智慧、魅力、风度、修养等高贵品质的代名词。

　　对于幽默的内涵,一位博友曾有过非常精辟的描述:所谓幽默是智者在洞悉人情冷暖之后,传达出的一种认识独特、角度别致、形式上喜闻乐见的信息,从而引起众人会心一笑的过程。可见,幽默是一种乐观的人生态度、机智的思维方式、轻松的心态和宽容的胸怀。

　　一位外国作家曾经提及这样一个故事：如果人群中有一个危险分子，而你不知道他是谁，那么请你讲一个笑话，有正常反应及有幽默感的人大体是好人。可见幽默已经成为衡量人生的重要标准。只有欣赏幽默的人，才能细细品味多彩的生活，悉心感受美丽的人生。

　　幽默的力量还可以化解生活中的尴尬场面，使人轻松摆脱不快的情绪，更好地树立形象，增加人格魅力和亲和力。一次，美国总统林肯与一位朋友边走边交谈，当他们走至回廊时，一队等候总统检阅的士兵齐声欢呼起来，但那位朋友并没有及时离开，军官不得不走上前来提醒，这位朋友因为自己的失礼涨红了脸，但林肯立即微笑着对他的朋友说："先生，你要知道也许他们还分辨不清谁是总统呢！"总统这样一句简单的话语，就完全消除了朋友的不安，很快缓和了当时的氛围。

　　幽默虽不能决定人们的衣食住行，但已经成为生活中必要的调味品和润滑剂。它可以使人们和周围的环境更融洽，让人们始终保持轻松愉快的心情，让平凡的生活充满欢笑。

因此作家王蒙才会如此迷恋幽默,他说:"我喜欢幽默。我希望多一点幽默。从容才能幽默,平等待人才能幽默,超脱才能幽默,游刃有余才能幽默,聪明透彻才能幽默。"幽默倡导了一种全新的快乐理念和生活风尚。

《故事会》杂志多年来一直为广大读者奉献最为精彩的小幽默小笑话,其中所包含的机智的风格、幽默的情趣和达观的态度长久以来影响与感染了一批又一批读者。我们的编辑从这个幽默宝库中,经过前期的选题策划、中期的分类归总、后期的修改雕琢,精挑细选出了上千个笑话精品,于是才产生了这套极具特色的作品集。可以说这套笑话丛书是当之无愧的幽默精品,它凝聚了《故事会》编辑部的所有编辑的智慧与辛劳。

此套丛书以笑话为载体,讲述了人生百态,幽默诙谐,令你忍俊不禁,让读者在轻松幽默的氛围中品味人生、领悟真理。该丛书最大的亮点在于强化了色彩元素,12本书按照内容的定位,每本都有自己的色调。

懂生活才懂幽默,懂幽默才能更好地品味生活。希望这套笑话丛书能够带给广大读者一种全新的幽默体验,营造一种特别的幽默氛围,唤醒我们的幽默潜能,自娱自乐自赏自识,快慰从容地去品味幽默,享受生活。

编者

2022 年 7 月

目录

家庭笑话

1. 万无一失

一位中年妇女兴冲冲地跑到站长室,找到站长:"请问,往北开的列车几点到站?"

"3点半。"站长回答。

"那往南去的列车什么时候来?"中年妇女继续问。

"4点17分。"站长接着回答。

"喔,多谢您!"中年妇女沉思片刻,又接着问,"往东开的呢?"

"今晚8点。"站长有点不耐烦,拔脚就要走。

于是中年妇女紧凑上去,再次追问:"去西边的呢?"

站长大叫起来:"西行的车不是刚刚开车吗?到明天傍晚不会再有了。我说夫人,您到底要乘哪趟车?"

"我哪趟也不乘。"中年妇女坦然地回答,同时转过头来冲着站在月台上多时的一个小孩高声叫道:"威利,我的宝贝,咱们可以过铁路了,现在是两点整,咱们就是闭着眼睛过去也不会出事的。"

2. 满足爱好

公园里,琼斯和简碰到一起,闲聊起来。琼斯问简:"你婚后为你丈夫办的第一件事一定很有趣吧?"

简高兴地回答:"可不。我首先在宅前屋后埋了一大箩猪骨、羊骨什么的。"

琼斯有些不解,问:"这是为什么?"

简凑近琼斯的耳朵说:"你知道,我丈夫是个考古迷,要他常年待在家里陪我,首先必须满足他的考古爱好。"

3. 严重警告

邻居家的篱笆内,马丁正与邻居家一位漂亮的女孩起劲交谈着。突然,一把亮闪闪的菜刀"嗖"地一下飞过,稳稳地插入了他身边的大树。

马丁不无遗憾地道歉说:"我得走了,我妻子在叫我吃饭。"

4. 孩子归谁

有一对夫妇要离婚,可是他们有一个孩子,两个人都想要,于是就告到法院去了。

太太说:"孩子是我生的,我生孩子的时候他还在旁边凉快呢!"

法官说:"嗯,对,孩子是你的。"

丈夫说:"请问法官大人,你看过自动售货机吗?"

"怎样?"法官问。

"你投钱进去后掉出来的饮料是你的,还是售货机的呢。"

法官又说:"嗯,对,孩子是你的。"

5. 怀孕

三个朋友在一起聚餐。小王和小李前不久当上了爸爸，于是小张跟他们闲聊起来。

小张问小李："听说你妻子生了一对双胞胎，有什么诀窍吗？"

小李回答："有，她在怀孕时看了《两个小兵》这本书。"

小张又问小王："听说你妻子生了三胞胎，她也有诀窍吗？"

小王回答："有，她在怀孕时，看过《三骑士》。"

小张听后一惊，连说："不好，不好！"于是慌忙朝家里跑。

小王和小李两人忙问："你要干什么去？"

小张边跑边说："我妻子也怀孕了，她正在读《阿里巴巴和四十大盗》！"

6. 杂志的作用

张博士在著名的儿童教育杂志担任心理顾问，一日下午他下班返家。

邻居林太太抓住他说："今天我家那小捣蛋又不听话，多亏你的杂志帮了我一个大忙。"

张博士得意地问："是哪一期的哪一篇呢？"

林太太摇摇头说："我哪知道是哪一期啊！我随手将你的杂志卷了起来，结结实实打了他一顿，看看他还敢不敢捣蛋。"

7. 核威胁

儿子即将结婚,父亲向他传授秘诀:"哭闹是妇人的常规武器,沉默是妇人的化学武器,声言自杀是妇人的核武器……"

儿子紧张地打断父亲的话:"如果她宣布使用核武器,我该怎么办?"

"没关系。"父亲一脸轻松,"经验证明,那只是核威胁而已。"

8. 买菜

一个男人上街买菜,心想老婆吩咐过不许买贵的菜,他就在菜市场里挑来挑去,买什么都怕老婆不满意。挑了半天,他终于买了一斤价格极其便宜的藕。

回家后,他把藕恭敬地送到老婆面前,问:"老婆大人啊,你看我买的藕好不好? 很便宜的。"

老婆冲藕瞥了一眼,勃然大怒,呵斥道:"你这个笨蛋,买回一斤藕,有半斤是窟窿。"

9. 谁笨

两个英国人正在互相吹嘘他们的儿子有多笨。

"我让你看看我儿子米克多笨,"第一个说,"到这儿来,米克,给你一英镑,现在进城去买辆劳斯莱斯汽车。"米克上城里去了。

"这算什么呢，"第二个说，"等着瞧我儿子迪尼吧。过来，迪尼，现在进城去沙利文酒店看看我在不在那里。"迪尼也去了。

去城里的路上，米克和迪尼相遇了，开始吹嘘起他们的父亲有多傻。

"以我老爹为例，"米克说，"他刚才给我一英镑让我去买辆劳斯莱斯车，再笨的人也知道现在所有的商店都关门了。"

"这算什么呢，"迪尼说，"我那老头子才真是蠢到极点了。他刚才打发我去沙利文酒店看看他是否在那儿。他自个儿拿起手边电话筒不就可以马上知道了吗？"

10. 施舍

一位妇女正在和她的邻居聊天。

"今天，我的心情好极了。一大早，我就做了一件慷慨无私的大好事。我给了一个流浪汉20美元。"那个妇女满意地说。

"什么？你给一个流浪汉20美元？对于施舍来说，那可是一大笔钱啊，你的丈夫对此说什么了没有？"邻居问。

"噢，他认为我做得对，"那个妇女接着回答，"他说：'谢谢。'"

11. 不是母鸡

大清早，妈妈闯进女儿的房间，一把撩起女儿的被子："秀芳,快起身,公鸡已啼叫3遍了!"

女儿不耐烦地说:"它叫它的,我又不是母鸡。"于是翻了个身继续睡。

12. 选择题

在高考考试中,欣欣被几十道英语选择题搞得头昏脑涨。

于是,他兴冲冲地回到家,一屁股坐在沙发上,忙着找书本对答案。

这时,他妈妈从厨房里出来,问道:"欣欣,考试辛苦了,你想喝矿泉水、健力宝还是可口可乐?"

欣欣马上脱口而出:"我选B。"

13. 代沟

傍晚,伊丽莎白带着15岁的女儿到父母家吃饭。看见女儿一身打扮,伊丽莎白略微指责道:"这条裙子是不是太短了?"

女儿只望了伊丽莎白一眼,露出爱理不理的表情。

到父母家时,伊丽莎白的母亲已站在门口等候。她拥抱外孙女后,转身对伊丽莎白说:"亲爱的女儿! 你上衣的领口是不是开得太低了?"

14. 特征

一位妻子和丈夫吵架,丈夫一气之下出走。妻子急忙找报社发寻人启事:某男,身高一米八,五官端正,上穿蓝衣服,下穿黄裤子,见到广告后速回来。

报社人员问:"还有什么特征吗?"

某妻说:"秃顶。"

"那你怎么不加上这条? 它才是显著的。"报社人员又问。

那妻子忙说:"千万不要,他就是因为我说他秃顶才出走的。"

15. 遗嘱

医院里,一位躺在病床上妻子正在跟丈夫交代些事情。

"狄里斯,我听见医生跟你说的话了,我知道我活不了多长时间了。"妻子说。

"告诉我,亲爱的,有什么事要我做吗? 如果有,你就尽管说。"狄里斯抽泣着说。

"是的,亲爱的,在我离开你之前,我想要你答应我一件事,我最大的愿望是,我死后你娶我的妹妹伊丽。"

狄里斯哭得更伤心了,他向妻子保证道:"丽娜,你放心,这件事我已经想了好几年了。"

16. 带枪

有一樵夫准备去森林里砍柴,妻子嘱咐他说:"森林里最近经常有强盗出没,我看你还是带着枪为好。"

樵夫说:"笨! 我可不想连枪都一起被抢走。"

17. 想得周到

两个朋友外出,到吃饭时间了,汤姆找了个地方坐下,并从包里拿出了妻子精心准备的美味饭菜。

"你妻子想得真周到,为你准备这么多吃的。"杰克羡慕地说。

"你妻子想得更周到,每次你和我出来都不给你准备饭菜。"汤姆敬佩地说。

18. 怎样打碎的

一个仆人不小心打碎了一只珍贵的珐琅盘子,主人看见了碎片,就问是谁打碎的。

"我打碎的。"仆人回答。

"怎么打碎的?"主人问。

仆人一时没找到合适的词语表达,便着急地把另一只盘子用胳膊碰到地上,说:"就是这样打碎的。"

19. 还敢生孩子

一户人家娶了个财主的女儿,一年后,生了个孩子。娘家接到喜讯,派小少爷送来了鸡蛋、小米。

这小少爷只知道送东西,却不知道是干什么用的,见姐姐在床上搂着个小孩,大惊失色,立即当着好多人的面训起姐姐来:"你怎么还敢生孩子? 前年为生孩子,咱爹爹没打死你呀? 怎么不到两年,你又忘了疼啦?"

20. 戒烟新招

两个妇人碰到一起,闲聊起来。

"你给你先生送什么生日礼物呢?"马莉问。

"一只银色的香烟盒,里面放着我的照片。"琼斯满意地说。

"那他肯定会非常喜欢的,不是吗?"马莉问。

"我不晓得,反正他从那以后就再不抽烟了。"琼斯接着回答。

21. 贪得无厌

酒吧里,尼克正对着朋友约翰诉苦。

尼克十分不满地说:"我的老婆是个贪得无厌的女人!"

"怎么回事?"约翰问。

尼克气愤地说:"星期天,她向我索要 500 元买衣服;星期一，她向我索要 400 元买衣服；星期二，她向我索要 300 元买衣服；昨天，她向我索要 200 元买衣服；今天，她向我索要 100 元买衣服。"

"是够贪得无厌的，她买那么多衣服干什么呢？"约翰表示同情。

尼克回答："我也不清楚，幸好我一次也没有给她！"

22.老公有外遇

公园里，两个妇人正聊得起劲。

琼斯问马莉："如果你的老公有外遇，你会怎么样？"

马莉不屑地回答："我会睁一只眼，闭一只眼。"

琼斯表示惊讶："喔，你真大方啊！"

马莉接着回答："不，我是用枪瞄准他。"

23.写作文

琼斯有一个上小学一年级的女儿，第一次写作文，题目叫《我第一次做家务》，写的是帮妈妈洗衣服。

按照老师的要求，作文写完后要家长签字，当编剧的爸爸看完后，提笔在下面写了一句话：以上情节，纯属虚构。

24. 傻瓜

约翰叔叔来城里住了几天,临走时,掏出100先令对侄子汤姆说:"这钱你留着零花吧。记住,钱要收好,丢了可就白送人了。"

汤姆激动地说:"知道,傻瓜才把钱白送人呢!"

约翰叔叔听后说:"你说得有道理,我看这钱你还是不要的好。"

25. 解释

小卢非常擅长钻营。一天,他儿子问他:"爸爸,为什么星期天又叫'礼拜天'?"

小卢解释:"星期天放假,正好拿点礼物去拜访领导,所以又叫礼拜天。"

26. 夫妻逛街

两个妇人正在逛街。

马莉问琼斯:"你与老公逛大街的时候怎样走?"

琼斯摆出陶醉模样:"刚结婚的那阵子,不是手牵手,就是手挽手。"

马莉问:"现在呢?"

琼斯不满地回答:"他拎着提包或菜篮,我搂着钱包和小狗。"

27. 不可思议

饭后,妻子对丈夫说:"简直不可思议,隔壁小芳那么能干,竟然也被经理炒了鱿鱼。"

"就是!"丈夫应声叹道,"俺娘非常能干,你咋就是不欢迎呢?"

28. 最爱是妈妈

约翰下班回来后,把车停在院子里,正在浇花的妻子发现车很脏,就花半个小时把车擦洗了一遍。

妻子想给丈夫一个惊喜,便走进屋子,对正在埋头看报的丈夫说:"亲爱的,世界上最爱你的女人已经替你把车擦干净了。"

约翰惊喜万分:"妈妈是什么时候来的? 快让她进来!"

29. 谁无知

妻子对丈夫唠叨:"数九寒天,你进家连门也不关。"

丈夫说:"无知! 你以为关住家门,外面就不冷了吗?"

30. 谁没用

爸爸为了儿子读大学,四处活动。可是最终因为儿子分数太低而没能成功。

回来后,爸爸对儿子大发脾气:"你真没用,要是再多考几分,事情不就好办了吗?"

儿子反驳道:"谁没用? 要是你有用,我就是再低几分,事情也一样能办成。"

31. 漂亮的裙子

一天晚上,怀特夫人对丈夫说起白天逛商店时,看到了一件非常漂亮的棉布连衣裙。

丈夫问:"多少钱一件?"

夫人答道:"40 英镑。"

"40 英镑只买件棉布连衣裙,太不值了。"

打这以后,每当丈夫下班回来后,怀特夫人只谈连衣裙的事。这样过了一周,怀特先生不耐烦地说:"给你钱,去买回来吧。"

第二天晚上,丈夫一回家就问:"亲爱的,连衣裙买回来了吗?"

"没有。"怀特夫人沮丧地说。

"为什么没买?"

"我改了主意。下午我赶到商店,看到那件连衣裙还挂在那里。看来没人喜欢它,所以我也不打算买了。"

32. 送礼

丈夫一回到家,主动呈上当月工资,妻子数了数,斥问道:"这个月工资,怎么又发这么点儿钱?"

丈夫忙说:"摊了两次份子,送了三份礼……"

妻子一脸狐疑,问:"做临时工,每月挣这么点儿钱,还要送礼?"

丈夫无奈答道:"要不送礼,连这么点儿钱也没处挣去!"

33. 高与低

汤姆虽未见过祖父,但知道他身高只有1米5,而尊贵的祖母却足有1米9。

一天,汤姆和祖母一起翻看这些陈旧的照片时,觉得他们站在一起十分别扭!

"祖母,"汤姆问道,"您怎么会爱上比您低40厘米的男人呢?"

"汤姆,"祖母说,"我们是坐着相爱的,但当我站起身时,一切都晚了。"

34. 怎么回事

索菲太太一大早就问女佣:"亲爱的,我的丈夫今天早晨怎么回事? 我还从没见他上班时这样高兴,吹着口哨,像小鸟欢叫一样。"

"哦,夫人,恐怕这是我的过错。"女佣自责道,"今天早晨我搞错了,把一包鸟食当成早餐给他吃了。"

35. 不堪回首

儿子非常关心地对父亲说:"你和老妈吵架,把脖子扭伤了,这两天的滋味如何?"

父亲感叹地说:"唉,别提了! 不堪回首。"

36. 淡得有味

小李父亲生日前一天,小李特地去蛋糕房定做了一个大蛋糕,并嘱咐老板糖不要放得太多,口味稍淡些。

于是,老板顺手在纸上记着:父亲生日稍淡。

第二天,小李去取蛋糕,打开一看,不禁让人啼笑皆非。蛋糕上刻着几个醒目的字样:祝父亲大人生日快乐,稍淡敬上。

37. 省电

丈夫晚上临睡前习惯看书,可他每隔五分钟便关一次灯,一二秒钟后又把灯打开。

妻子被他搅得睡不着,不耐烦地问:"你捣什么鬼? 有病啊?"

丈夫回答：“我是为了省电，翻书时不用开灯。”

38. 变相储蓄

丈夫一个人在家打扫房间的时候，发现床底下有一个盒子，他好奇地打开盒子，见里面有 3 个鸡蛋和 1200 元钱，显然是妻子偷偷藏着的。

等妻子回来后，丈夫忍不住问她盒子的事。

妻子说：“既然你已经偷看了盒子，我就跟你坦白吧，我每次有了外遇就放一个鸡蛋。”

丈夫心里虽然有气，但想想结婚已经 5 年了，妻子只有 3 次外遇，还不算太严重，所以就准备原谅妻子。

不料妻子又解释道：“那 1200 元钱是这样的，每当我集满一打鸡蛋，就拿去换钱。”

39. 油画值钱

李君炒股赚了点钱，听人说收藏画可以保值，就买了不少画回家。

老婆问他：“你收藏了那么多的画，知道哪一种值钱呢？”

李君故作深沉地答道：“水彩画水分太多，当然是油画油水足啦！”

40. 提防心跳

女儿最近交了一个男友。一天,她兴奋地对母亲说:"杰克非常爱我,他拥抱我时,我总能听到他的心跳得很快。"

"当心呀,傻女儿!"母亲提醒她道:"我当初就是受了你爸的骗,他在上衣兜里藏了块手表!"

41. 行话

屠夫的妻子生了个孩子,她高兴地告诉丈夫:"亲爱的,咱们的宝贝有8斤重!"

屠夫脱口而出:"带骨的还是去骨的?"

42. 朋友来了

尼克一家正准备吃午饭时,站在窗台边的女主人突然对丈夫叫道:"喂,尼克,你的朋友来了,我敢打赌他们都还没有吃饭!"

"快!"尼克立刻站了起来,告诉全家:"每个人都拿支牙签,到客厅里剔牙去!"

43. 既饱且醉

一个穷人肚子很饿,没有饭吃。

太太对他说:"你把身子旋转几圈,就不饿了。"

他照办以后,对太太说:"你这法子真好,不但能当饭吃,还能当酒喝。"

44. 减负

妻子与丈夫商量:"学校开始'减负'了,我想用积蓄买件乐器,丰富丰富咱儿子的校外生活。"

"这样得花很多钱!"丈夫皱着眉头表示反对。

"那你说咋办?"

"让儿子学吹口哨!"

45. 喝喜酒

父子俩去喝喜酒,别的客人还未上桌,他们已经上了桌。父亲悄悄对儿子说:"等会吃饭的时候,你把吃剩的骨头拨到别人面前,这样主人就不会说你吃多了。"

"那别人再把骨头拨到我面前呢?"儿子反问道。

父亲直摇头,不相信地回答:"哪会有这么皮厚的人呢!"

46. 同病相怜

小吴的老婆很厉害,动不动就让小吴在水泥地上罚跪。这天,小吴向岳父诉苦:"我这两个膝盖都快得关节炎了。"

岳父说:"你看,自从我和你岳母的屋里铺上地毯以后,我这两条腿就舒服多了。"

47. 知子莫如父

妻子下班回家,正准备进屋看自己三岁儿子。"天啊!"妻子气急败坏地吼道,"孩子他爸,钢琴被儿子砸得稀巴烂了。"

丈夫平静地说:"我早说过,儿子当铁匠比弹钢琴强。"

48. 绝不可能

小丽在和妈妈交流关于男朋友的一些看法。

"你到底喜欢什么样的?"妈妈最后问。

小丽指了一下爸爸说:"就像他那个样子的。"

爸爸听了得意地露齿而笑。

"不可能!"妈妈叫了起来,"我花了30年才把他调教成这个样子,不可能有26岁的这样的原型!"

49. 关你什么事

某人总爱留着他那长长的胡子,突然有一天他把胡子剃了!他的邻居感到非常奇怪,便问他:"你怎么把胡子给剃了?"

他回答:"因为我一位朋友的妻子刚刚死了。"

邻居更觉得奇怪了,问:"你朋友的妻子死了与你剃胡子有什么关系?"

他冷冷地答道：“我剃胡子与你又有什么关系？”

50. 委婉的说法

一个人要去度假，临走之前，他把他心爱的猫交给弟弟看管。

他回来后，去弟弟家拜访，准备把猫带回家。

他的弟弟犹豫了一会儿，然后说：“对不起，你的小猫死了。”

那个人很沮丧，大声喊道：“你可以用一种比较委婉的方式把这个不幸的消息告诉我。我今天到你家来，你可以说它爬到房顶上不愿意下来。我明天再到你家来带它，你可以说它从房顶上掉下来了，兽医正在全力抢救。我第三天再来的时候，你可以说它已经死了。”

他弟弟想了一会儿然后向他道歉。

接着那人问道：“妈妈怎么样了？”

“她正在房顶上，不愿意下来。”他弟弟回答道。

51. 看译制片

一日，夫妻二人看译制片。忽然，听到电影里的狗叫声，丈夫吃惊地说道：“奇怪，外国狗和中国狗叫声一样！”

妻子一听大怒道：“笨蛋，没文化！这是译制片，不翻译，你能听得懂吗？"

52. 污垢移位

　　儿子跟隔壁家小孩玩耍后归家。母亲看了看儿子,笑道："好儿子,你的脸还算干净,可手怎么脏兮兮的?"

　　儿子回答："我刚刚用手擦过脸。"

53. 通知书

　　儿子在里屋好半天也没动静。爸爸觉得奇怪,就喊道："你猫在屋里老半天不出来,在干什么?"

　　爸爸进了里屋,见儿子正在看一份通知书,就一把夺过来,看了起来,上面有老师写的批语:在课堂上玩弹弓,往同学衣兜里装虫子……请家长过来谈一谈。

　　父亲向儿子猛吼起来："你在学校干了这么多讨厌的事,长大会成个什么人哪?"

　　儿子向爸爸解释说："爸爸,这不是我的通知书,是从你的旧书箱里找到的。"

54. 收费

　　在北方丘陵地区,有一位怒气冲冲的农夫正用力敲着邻居家的门。邻居的女儿为他开了门。

"你父亲在家吗？"农夫问。

"不在家。"邻居的女儿说，"他在因费内斯的农贸市场上呢。如果你想租用那头艾尔郡红毛小公牛的话，请付50美元。"

"不，我不是为那个来的。"农夫说。

"噢，"邻居的女儿说，"如果你想租用那头加洛韦花条小公牛的话，请付40美元。"

"不，我也不是为那个来的。"农夫说。

"那头高地小公牛怎么样？"邻居的女儿说，"租它只要30美元。"

农夫粗鲁地打断了邻居女儿的话，说道："那不是我来这里的目的。你哥哥桑迪让我的女儿菲奥纳怀孕了。我和我妻子想知道你父亲打算怎么处理这件事。"

"噢，原来是这样。"邻居的女儿说，"那你必须自己去见我的父亲。我不知道他对桑迪如何收费。"

55. 真心称赞

格林太太抱着出生不久的儿子到医院做身体检查。医生检查后对格林太太说："你的孩子真漂亮。"

格林太太十分高兴，但谦虚地说："我敢打赌，你对所有的父母都这么说。"

医生认真地说："不，孩子真的漂亮，我才会称赞他漂亮。"

格林太太忙问:"那么对其他家长,你怎么说?"

医生回答:"我会说,孩子长得跟您一模一样。"

56. 判断准确

一个百万富翁正在跟他的朋友谈论着自己的家事。

"我确信,我的当医生的女婿是为了我女儿将会得到一笔巨大的遗产才和她结婚的。"百万富翁说。

"你怎么会得出这样的结论?"那个朋友问。

百万富翁伸出右手比画着说:"当他每次和我握手的时候,都摸我的脉搏……"

57. 说明书

艾莉表姐恐怕是世界上最不会看说明书的人了。

刚结婚的时候,她的丈夫给她买了一台电子煮咖啡机,而且是最新式样的。

销售员瑞利仔细为她讲解了使用步骤,他打了个比方:插上电源,定好时间,然后回到床上去睡觉,等到起来的时候,咖啡就煮好了。

几个星期以后,艾莉又到那家商店去,瑞利问她咖啡机怎么样。

"好极了!"她回答,"不过,有一件事我不明白,为什么我每次煮咖啡的时候都得上床去睡觉呢？"

58.粗心的爸爸

一个赛车族骑着一辆豪华摩托车从出租车旁飞驰而过。出租车司机看见摩托车后面还坐着一个小孩，由于摩托车开得太快，小孩子已摇摇欲坠。

果然，没走多远，小孩便从车上掉了下来，而那个赛车族却全然不知。

好心的出租车司机停了下来，把孩子抱到车里，决定追赶车手。

出租车司机加足马力，终于追过赛车族，用车横向地拦住摩托车。"你也真是，哪有你这样的父亲，孩子掉了都不知道！"出租车司机埋怨道。

赛车族看了看孩子，大叫道："孩子，你妈哪儿去了？"

59.陌生人

弟弟一向不会清扫房间。在准备离家上大学时，为避免让妈妈担心，所以在离家前夕，他抓紧时间把自己的房间收拾整齐。

出乎意料，妈妈更伤感了。"看！"她泪水涟涟地说，"他已变得像个陌生人了！"

60. 有感而发

儿子是音乐家,决定在自己婚礼上弹奏吉他。

到了婚礼那天,他调弦调了好一阵子,便向宾客致歉说:"手上戴了戒指,调弦真不容易。"

这时一位男士大声说:"手上戴了戒指,做什么都不容易呢。"

61. 不到一岁

太太十分生气,责问丈夫道:"你看,某周刊报道的,说你上星期六晚上和两个女人接吻,有没有这回事?你说。"

丈夫回答:"有是有的,可是那又有什么关系?两个女孩的年纪,合起来才 21 岁哩。"

太太又质问道:"和你接吻的是两个小孩子吗?"

丈夫连忙回答:"可不是嘛,其中有一个还不到一岁哩。"

62. 借茶叶

有个人留客人在家喝茶,可是家里没茶叶,就向邻居家借。

这时,锅里的水烧得滚滚开了,他老婆只得不停地往锅里添水。这样,水一开锅,老婆就往里头添水。可是锅都添满了,茶叶还是没有借着。

老婆对他说:"好在你这朋友也是熟人,干脆让他洗个澡再走吧!"

63. 补充说明

肥胖的妻子在商场看中一件衣服,穿上后在镜子前欣赏。

营业员夸奖说:"这件衣服对您来说太合适了,穿上后简直就是魔鬼身材!"

妻子高兴极了,要丈夫掏钱买下。

丈夫看看价格,无可奈何地说:"亲爱的,你要买我就掏钱,不过,我补充一下,魔鬼也有很多种身材……"

64. 两张纸条

妈妈上完夜班回家,开灯时发现地毯上洒满了瓜皮果壳,并有一张醒目的字条。妈妈捡起来一看,只见上面写着:妈妈,对不起,我困了,明天一定打扫。

妈妈实在看不惯地下的脏东西,便拖过吸尘器忙乱了一阵子。

打扫完后,妈妈上床睡觉,只见枕头上又放着一张纸条,上面写着:妈妈,谢谢您!

65. 感动

大学里,儿子每天的生活都千篇一律:上课、自修、工作,然后睡觉。

有一天,他接到父亲的短信,才发觉自己好久没有写信回家了。

短信中写道:爱儿,你母亲和我收到你的上一封信时,心里都很高兴。当然,那时我们都年轻得多,比较容易感动。——父亲

66.夫妻都对

车站上,一对夫妻正为误车的事争论不休。"假如你着急一点,"急性子的丈夫指责道,"我们不至于赶不上这一趟火车。"

"假如你不这样着急,"慢性子的妻子反驳道,"我们就无须这样久等下一趟火车。"

67.得不偿失

丈夫回家很不高兴,妻子关心地问:"你遇到不顺心的事了吗?"

丈夫说:"今天我在公共汽车上拾到200元钱。"

妻子说:"那应该高兴啊!"

丈夫接着说:"另一乘客也看见了,我和他平分……"

妻子问:"那你不是还有100元吗?"

丈夫沮丧地说:"回家前,我才发现那200元其实是我自己

丢的。"

68. 小错误

一个学生收到他父亲的信。

信上说："你以后写家信,应该多写一些生活的情况,不要只知道要钱。这次寄 10 块钱给你,附带告诉你一点小错误,用阿拉伯写 10 的时候,只能写一个零,不能写两个。"

69. 提前惩罚

妻子刚回家,儿子就哭丧着脸跑到她跟前。妻子很生气地责问丈夫："你为什么无缘无故地打儿子?"

丈夫若无其事地回答："因为他明天就发成绩单了,而我刚好要出差!"

70. 生日礼物

丈夫问妻子,40 岁生日礼物想要什么东西,妻子告诉他想要一种能使她看上去更加性感美丽的东西,也就是说,她心中期盼的是装有黑色丝袍和镂空睡褂的女内衣礼盒。

但是礼物送到时,妻子着实吓了一跳。丈夫拖回家一只巨大笨重的包装箱,里面是一辆健身自行车。

71. 爸爸怎么样

女儿去寄宿学校上学,临走时把一盆盆栽和一缸热带鱼交给妈妈。

一周之后,妈妈打电话告诉她盆栽死了。

又过了一周,妈妈又遗憾地告诉她热带鱼也死了。她沉默了一会儿,问道:"那么爸爸怎么样了?"

72. 又说胡话了

在病榻上奄奄一息的摩根对妻子说:"你千万别忘了,隔壁巴特利克还欠着我们50元钱……"

"你放心吧! 我不会忘的。"妻子回答说。

"还有,你别忘了,我们还应该还给马克尔300元钱。"摩根想了想,又对妻子说。

"我的上帝啊!"妻子大叫着,"你又说胡话了……"

73. 妙答

小男孩望着桌上放着的美味蛋糕,眨巴着眼睛,说:"妈妈,我可以吃两块蛋糕吗?"

"可以,"妈妈笑眯眯地递给小男孩一块蛋糕,说,"把这块拿去,然后切成两块。"

74. 不弹价更高

母亲对儿子说："托托，快去弹钢琴吧，我给你一法郎。"

儿子答道："好吧。不过，我们的邻居答应我，要是不弹钢琴的话，给我两法郎呢！"

75. 资金全部冻结了

儿子小哈利今年10岁，他有一个存钱盒，放在衣柜的抽屉里。

杰森和妻子需要零钱时，就从小哈利的钱盒里掏，并留下一张借条。小哈利显然不喜欢这种做法。

一天，有人交给杰森一张支票，他想正好可以还儿子钱了。于是跑进小哈利的卧室，找到钱盒，但是里面只有一张小纸片，上面写着："亲爱的妈妈、爸爸，我的钱在冰箱里，我希望你们明白，我的资金已经全部冻结了。"

76. 男人的想法

一所大学农学专业的高才生密勒，暑假回到家乡，邻居的一位太太想养鸡致富，特地前来请教。

根据那位太太提供的鸡舍、鸡食等各种数据，密勒告诉她，养30只左右母鸡和一两只公鸡，比较合适。

暑假结束时，密勒想去看看自己的"设想"实施得如何。但是,他在鸡舍前看呆了,除了30只母鸡,还有30只大公鸡。

"太太,养30只母鸡,只要一两只公鸡就够了。公鸡太多,又不能下蛋,反而浪费粮食。"密勒说。

"你是说,让一两只公鸡占有那么多母鸡?"邻居太太涨红着脸说。

"是的。"密勒回答。

"这是你们男人的想法,我不干。"邻居太太不满地说。

77. 起床

大清早,卧室的闹钟响了。

"起床了,起床了,你不是说今天要早起开会吗?"丈夫凑近妻子耳边说道。

"别说话,我再睡一会儿。"妻子迷迷糊糊地说。

"快起来吧,要不该迟到了。"丈夫推了推身边的妻子说。

妻子不耐烦地说:"你别碰我,我要睡觉!"于是,翻了个身继续睡去。

半小时后,妻子突然惊醒:"呀,都要迟到了! 你是怎么叫我的!"

78. 离婚

新婚当夜,妻子跟丈夫说:"咱们要是离了婚,房子归我,我的钱我也得拿走。"

丈夫问："那我的钱呢？"

"你的钱都是我的钱，你有什么钱？"妻子接着说，"还有，离婚后你每月的收入也得给我 80%。嗯，如果你再结婚了，那给我 60% 就成了。"

丈夫的脸拉得长长的，然后坚定地说："老婆，我决不跟你离婚！"

79. 孩子

一对夫妻结婚了两年。

一天，妻子对丈夫说："咱们要个孩子吧。"

丈夫毫不考虑地说："行。"

妻子问："那你会喜欢咱们的孩子吗？"

丈夫毫不考虑地说："喜欢。"

妻子撒娇道："那不行，你得喜欢我一个人。"

丈夫应和着说："好，好，就喜欢你一个人。"

妻子又生气道："那我的孩子你凭什么不喜欢啊！"

丈夫叹了口气，说："咱还是别要孩子了。"

80. 求助

一个长得高大结实的男人去拜访一个牧师。

"先生,"他说,"我希望你能关照一下这个可怜的家庭：父亲失业了,母亲因为要抚养9个孩子而不能出去工作。他们已经没有饭吃,而且很快将会被赶到街上,除非有人帮他们出那500元钱的房租。"

"太悲惨了!"牧师大声地说,同时也被这个外表粗鲁的男人的爱心所感动,于是他问："我可以问一下你是谁吗？"

男人抽泣着说："我就是他们的房东。"

81. 恩怨分明

一个富商临死前对妻子表示,要把全部财产300万法郎赠给她。

"你实在太好了,"妻子热泪盈眶地说,"你还有什么愿望吗？"

"我想吃完冰箱里那一盘火腿。"

"这可不行,"妻子厉声地说,"那是准备在你的葬礼之后招待客人的!"

82. 夫妻之间

琼斯正和她的朋友谈论起她的丈夫。琼斯说："过去我丈夫恨我恨得咬牙切齿,但现在不会了!"

朋友问："你怎么使他对你改变态度的？"

妻子偷笑道："我藏起了他的下排假牙。"

83. 判断失误

一天,邻居乔治突然来找约翰,他拍拍约翰的肩膀,轻声道："祝贺你,朋友! 你和妻子总算言归于好了。"

"何以见得?"约翰觉得非常莫名其妙。

"昨天,我看见你们在一块儿锯木头。"乔治笑着说。

"你一句也没说对,"约翰叹了一口气,无奈地说,"我们不是在锯木头,而是在分家具。"

84. 心里有数

爷爷发现 8 岁的小孙女在放学后看色情电视剧。爷爷在旁边坐了一会儿,觉得有必要同她谈谈了,他考虑了半天,才想出比较恰当的措辞：

"玛丽,你瞧这些都是胡编乱造的故事,实际上人们并不是一碰到就立刻一起上床睡觉的。"

"噢,这我知道。"玛丽十分自信地说,"他们总要先喝点什么。"

85. 养家辛苦

小明和小丁在酒吧里喝酒闲聊。

小明叹道："经济不景气,养家糊口真辛苦。"

小丁关心地问："你有几个小孩啊?"

小明说："5个。"

小丁吃惊地叫道："哇,5个的确不好养。"

小明说："孩子倒还好,不过孩子们的5个妈可真难养……"

86. 两月一年

剧院幕间休息时,丈夫到休息厅买了一杯啤酒。

妻子愤怒地说："您曾对我发誓,两个月之内滴酒不沾!"

丈夫说："亲爱的,据节目单介绍,第一幕到第二幕之间的时间相隔一年!"

87. 根本区别

女主人把女佣大骂了一顿,男主人很过意不去,低声安慰女佣说："你不要难过,她就是这样,我也一样常被她骂。"

"先生,你错了,我和你不同。"

"都是挨骂,有什么不同?"

"我只要说声不干了,就可以马上不再受她的责骂。你可以吗?"

88. 秃头家伙

多多正在翻阅家庭影集,他问妈妈:"妈妈,这个穿运动衫和你在海滩上的漂亮的年轻人是谁呀?"

"唉!"妈妈不无伤感地说,"已经20年了。这是爸爸。"

"是爸爸? 可咱家这个秃头的家伙是谁呀?"

89. 减肥有成

妻子站在磅秤上兴奋地对丈夫说:"亲爱的,快来看,我的体重减了两公斤!"

"亲爱的,那是因为你还没有化妆呢。"丈夫说。

90. 战争起源

孩子问父亲,战争是怎样开始的。

父亲回答:"好,我告诉你,比方说美国和英国吵起来了……"

母亲看不过去了,插话说:"不,瞧你说的,美国没有必要同英国吵架。"

父亲说:"我知道,我只是打个比方……"

母亲又插话说:"可你这是在骗孩子。"

父亲觉得莫名其妙,说:"这怎么是骗孩子?"

母亲坚决地说:"这当然是!"

父亲怒了,厉声道:"我告诉你不是!简直不讲道理!"

孩子恍然大悟般,说:"好了,爸爸,我想我知道战争是怎么开始的了。"

91. 半夜开门

有一个醉鬼回家,爬到床上叫醒老婆说:"亲爱的,我们家闹鬼了!"

老婆一下坐起来:"怎么啦?"

"我刚才回到家里上厕所,一开门突然灯就亮了!"

"真的?那……你是不是还感到有阵阵阴风吹出来?"

"对啊!你知道是怎么回事?"

老婆狠狠地打了他一巴掌说:"死鬼!这是你第三次喝醉了尿在冰箱里了!"

92. 能干的儿子

一位妇人骄傲地对人吹嘘说:"我儿子很能干,一出生就在农场帮我干活。"

人家不信,反问她:"你儿子出生第一天干什么活?"

妇人低头想了想,答:"他帮我挤奶。"

93. "三草"原则

一天,妈妈关心起儿子的感情问题。

她说:"儿子,你们单位那个小张姑娘不错嘛,你俩原本也挺好的,怎么吹啦?"

儿子说:"妈,您不知道现在谈恋爱流行'三草原则'?"

妈妈问:"什么'三草原则'?"

儿子说:"兔子不吃窝边草,好马不吃回头草,天涯处处有芳草……"

94. 睡不成

孩子出生后,小王便不得安生。

每天晚上,妻子总是把他推醒说:"快起来看看,咱们的宝贝为什么哭?"

于是,小王东奔西走,借来一本谈"小儿夜啼"的书。

这天他对症下药,坚信晚上能睡个安稳觉。

谁知半夜里妻子又将他推醒说:"亲爱的,快起来看看,咱们的宝贝怎么不哭了?"

95. 妻子的信

汤姆是个有名的赖账鬼,酒店老板吃了他不少亏。

一天,汤姆走进酒店,痛痛快快付清了所有欠账,并且说:

"老板,你昨天写给我的那封要钱的信实在是太感人了,读后使我不得不还你的债。请问你是怎样想出这么多精彩句子的呢?"

老板告诉他:"不瞒你说,我妻子现在正在法国海滨度假,开销极大,所以她常写信回来要我寄钱。我从她的信中摘了几段给你。"

96.除裤带

妈妈带 4 岁的孩子到超市购物,一进店就把孩子的裤带抽掉了。售货员奇怪地问这是为什么。

妈妈答:"他两只手忙着提裤子,就不能到处抓东西了。"

97.呼声最高

老王参加竞选,四处奔波拉票,疲惫不堪,晚上睡觉鼾声大作。

第二天他妻子对他说:"老公,我想你这次一定能当选。"

老王高兴地问:"你怎么知道呢?"

妻子说:"因为你的呼声最高……"

98.解疑

张三与儿子出门,走到半路忽然内急,找不到厕所,只好拉下脸面在路边将就。

儿子脱下上衣替父亲遮丑,张三骂儿子:"真是个憨子!挡腔有啥用!快蒙我的头。"

"蒙头干啥?"儿子问他。

张三说:"蒙住头,谁还能认出我来?"

99. 黑色效果

一个女人告诉她的朋友:"自从婆婆生病后,我丈夫的心思就全在婆婆身上了,他一天要去看婆婆三次,甚至婆婆睡着的时候还陪在旁边,我对他几乎毫无吸引力了。"

朋友立即为她出主意:"要使他对你有兴趣,你应该穿得性感一些,譬如黑色的紧身内衣。"

女人一听有道理,当晚就这样打扮起来,在卧室里等她的丈夫。

这天,丈夫恰恰因为有事没有去看母亲而直接回了家,一见女人的打扮,惊呼道:"你为什么穿得一身黑?啊,一定是我母亲死了!"

100. 最好的对联

儿子蹦蹦跳跳地拿着对联从书房出来,说:"爸爸,你看我写的这副对联好不好?"

爸爸看了看,笑着夸道:"好,好,这也许是全中国最好的对联了,你看,这副对联不仅名词对名词,动词对动词,而且错别字对错别字……"

101. 不怕死的

一位妻子做了人工流产,医生对丈夫说,今后要多关心妻子,再出现这样的情况将有生命危险。

丈夫很害怕,这以后就和妻子分房而睡。

一天半夜,丈夫睡得正香,隐约听见有人敲门,便问:"谁?"

门外小声作答:"一个不怕死的。"

102. 死几回

母亲对儿子抱怨说:"每天早上你一起床就说'困死了',吃饭时让你先洗手你说'饿死了',叫你做点家务你说'累死了',乘公交车你说'挤死了',乘出租车又说'贵死了'……你这么一天到晚要死几回呀?"

儿子一脸不耐烦地说:"烦死了!"

103. 理解"太太"

大李说:"现在常听到有人将妻子说成'太太',我结婚后,终于悟出了其中的道理。"

大陆忙说:"悟出了什么道理,你快说!"

大李回答:"我烧菜多放几粒盐,她说'太'咸;少放几粒,又嫌'太'淡;买房子买底层嫌'太'潮湿;买高层又叫'太'麻烦;每月工资交给她,她只会说'太'少了!就是没有听她说我做事恰到好处的话。"

104. 发生了什么

这天,丈夫下班回家,发现屋子里乱糟糟的:被子散乱地铺在床上,厨房洗碗槽里堆满了发着异味的碗碟,孩子的玩具、衣服和书丢得满地都是。不仅如此,晚饭也没做好。

"到底发生了什么事?"丈夫问妻子。

"什么事也没发生,"妻子说,"你总问我整天在家干什么,好吧,我今天就让你看看,我在家到底干了些什么。"

105. 妈妈的烦恼

金虎妈和银杏妈互述烦恼。

金虎妈说:"我可真担心呐。我那上大学的儿子每次来信都是向家里要钱,我实在不知道他要那么多钱干什么。"

银杏妈说:"我比你担心得更厉害。我那个上大学的女儿从来不问家里要钱,我真不知道她从哪儿弄钱来。"

106. 支持

小王戒烟不久,老婆就下了岗,于是小两口开了一家烟杂店,没想到过了两天,小王就又吸上了烟。

老婆看了极不高兴,说了丈夫几句。

小王狡辩道:"嗨,老婆的事业我能不支持吗? 我如果不抽烟,别人会说:'瞧,连她老公都不吸,那烟没准是水货。'"

107. 政策严明

妻子在公安局工作,一天,她问丈夫:"发奖金了吗?"

丈夫诚惶诚恐地回答:"没有。"

"真的?"妻子狐疑道。

"我对天发誓,的确没有。"

妻子说:"我们的政策一贯是……"

"坦白从宽,抗拒从严。"

妻子突然厉声叫道:"不,缴枪不杀!"

丈夫擦了擦汗,赶忙掏出了300元钱……

108. 妙用

一清早,妻子和颜悦色地对丈夫说:"你能不能帮我打扫一下呢,亲爱的?"

丈夫立刻装模作样地说:"我今天有点不舒服,亲爱的,你看,我的手直哆嗦……"

妻子连忙插话:"好极了,正好可以帮我抖地毯。"

109. 疑问解答

"爸爸!"正在做作业的小明抬头问道,"炊烟袅袅的'袅袅'是什么意思?"

正在专心读报的爸爸略一沉思,举起手中冒着缕缕青烟的半支香烟,说:"烟气这样慢慢上升,就叫'袅袅'。"

过一会儿,小明又问:"爸爸,'狼吞虎咽'是什么意思?"

"咳!"爸爸眼不离报,不耐烦地说,"急什么,等吃饭的时候再说!"

110. 叫他们的姓

在美容院,琼斯和珍妮正在聊天。

"你有孩子吗?"琼斯问

"有,我有10个孩子。"珍妮回答

"10个?天啊!听起来太可怕了!他们都叫什么名字呀?"琼斯一脸惊讶。

"他们都叫波比。"珍妮回答。

"你是说他们的名字都一样吗?"琼斯显然不敢相信。

"是啊。"珍妮回答。

"真是不可思议。那当你想叫他们当中一个时,该怎么办呢?"琼斯更加吃惊了。

"这很简单。我可以叫他们的姓呀!"珍妮回答。

111. 接妻

迪尼到机场接出差归来的妻子。妻子见丈夫愁眉苦脸的,就说:"你看那边那对夫妻,有说有笑,多开心啊。"

迪尼叹了口气,说:"不错,可那个丈夫是来送妻子的。"

112. 不是爱情

一个男人问另一个男人:"如果你遇到这样一个女人,她肯原谅你的一切过错,非常爱你,善良而又友好,你该对她说什么?"

另一个男人说:"你好,妈妈!"

113. 追逃犯

当地正在通缉一个光头逃犯,这天,联防队员拦住了一个可疑的人问:"为啥戴假发?"

"冬天我的头怕冷。"光头逃犯回答。

联防队员又问:"那你为啥还剃光头?"

光头讪讪地说:"怕和老婆打架时被她揪头发。"

这时,一旁的另一个联防队员喜不自禁地说:"谢谢你教了我一招!"

114. 换着看

一对夫妻正在看电视。

丈夫说:"孩子他妈,他爷爷和奶奶把彩电送给咱们看,咱们可不能白看呀!"

妻子回答:"你说得对,咱们把孩子送给他们看。"

115. 不同看法

李强和张涛两朋友碰到一起正聊着关于婚姻的话题。

李强从口袋里掏出一张彩票,灵感迸现,深情地说:"婚姻就像这一张彩票!"

"噢,这可不正确,"一旁的张涛显然不同意,回敬他道,"买彩票你可能还有赢的机会,可这婚姻……"

116. 借用

八岁的莎莉从学校带回成绩单,分数很好,可是在末尾,老师写着:"莎莉很聪明,就是话太多,我有一个主意想试试,好改掉她的坏习惯。"

莎莉的父亲在成绩单上签完字,又在后面写道:"你的办法要是好用,请告诉我,我想借用在她妈身上试试。"

117. 家信

一个大学生给他家里写了封信:"亲爱的爸爸妈妈:我真的觉得很惭愧,我老是写信向你们要钱。我也不喜欢这样。但我必须再向你们要100元,尽管我感到浑身不自在。你们的儿子,马文。"

他在信的反面又写上:"写完这封信后,我觉得特别糟糕,就跑出去追赶取这封信的邮差。我想把它烧掉,真希望我能够把它要回来,但还是太晚了。"

几天后他收到父亲的信,上面写道:"你的祈祷灵验了,我们没有收到你的信!"

118. 以一抵二

比利向朋友乔治诉说心中苦恼。

比利说:"我家只有我和太太两人,任何时候都采取表决方式,结果总是不分上下。不过从上周,投票时我总是失败。"

乔治问:"为什么?"

比利说:"她怀孕了,算两票。"

119. 看病

丈夫病得很厉害,妻子陪他去看医生。医生给丈夫检查后,示意妻子到走廊谈话。

医生说:"你丈夫病得很重。但是,你可以做三件事,让他相信他不会死。第一,一日三餐给他准备有利健康的可口饭菜;第二,给他安排一个轻松的环境,对任何事都不要抱怨;第三,每天都要给他热烈的爱。"

驱车回家的路上,丈夫问妻子:"医生是怎么对你说的?"

妻子回答:"对不起,你休想得逞。"

120. 学忍耐

吉叔与普雷难得聚在一起闲聊起来。

吉叔问:"普雷,你现在家里怎么样?"

普雷抱怨起来:"别提了,女儿去学钢琴,儿子去学打鼓,老婆去学唱歌。"

吉叔问:"那你学什么呢?"

普雷语重心长地说:"我学忍耐。"

121. "拳"在这里

年末,丈夫存私房钱的秘密被妻子发现,妻子火起,一拳打在丈夫的眼睛上。

丈夫捂着脸,委屈地说:"都什么年代了,现在搞市场经济,你还用计划经济那套管我,管得我没有一点自主权。"

妻子听后吼道:"自主'拳'在老娘这里,再搞活,也得打击经济犯罪!"

122.锤子的故事

有一个人想挂一张画,但没有锤子,决定到邻居那儿去借。

就在这时候他起了疑心:要是邻居不愿意借给我怎么办?昨天他对我只是漫不经心地打招呼,也许他匆匆忙忙,也许这种匆忙是他装出来的,其实是他对我不满。什么事不满呢?我又没有做对不起他的事,是他自己多心罢了。要是有人向我借工具,我会立刻借给他。而他为什么不借呢?怎么能拒绝帮别人这么点忙!而他还自以为我依赖他,仅仅因为他有一个锤子!我受够了。

于是他迅速跑过去,按门铃。邻居开门了,还没来得及说声"早安",这个人就冲着他喊道:"留着你的锤子给自己用吧!你这个恶棍!"

123.杨捣蒜

有个叫杨抗的人,他家和对门家的关系处得很好,吃点比较好的饭菜就互相送。

这天对门家吃饺子,饺子一下锅,杨抗在这边看得真切,急忙找蒜。心想待会对门准会送饺子来。他怕送饺子时再捣蒜来不及,他蹲在门槛上边捣蒜边等着对门送饺子来,眼看着对门家的饺子从锅里捞出来了,他想马上就可以吃热饺子了。

这时就听对门家的孩子说:"妈,给我杨叔家送点去。"孩子妈说:"不用了,你没看你杨叔在捣蒜吗?他家今天也是吃饺子。"

124. 两记耳光

从前,有个妇人被丈夫打了一记耳光,于是急匆匆地赶回娘家向她父亲告状说:"爸爸,我丈夫打我就等于侮辱了你,你应当报复才对。"

"他打你哪一边脸?"

"左边。"妇人委屈地说。

她父亲便在她右脸上狠狠地打了一巴掌,说:"现在你该满意了。你可以去对你丈夫说,他敢打我女儿侮辱我,我便打他老婆侮辱他!"

125. 馋妹

住校的女儿气恼地对母亲说:"妈,你别让妹妹把吃的东西送到学校去了。你不知道,她在来的路上就要吃掉一大半呢。"

"那也比不送好啊,至少还有一半呢。"

女儿生气地说道:"可她还要往回走呀。"

126. 母女情深

一个6岁的女孩正给住院的母亲打电话。

女儿哭哭啼啼道:"妈,他们不让我来看你,爸让我给你打电话。"

母亲安慰女儿道:"宝贝,医院不准12岁以下的孩子探病。妈现在很好,谢谢宝宝。"

女儿认真地说:"妈,你好好养病,我一满12岁就来看你。"

127. 兄弟与酒

哥哥买了一桶酒,用封条封住桶口,弟弟在桶底钻了一个洞,天天偷酒喝。

一天哥哥发现酒少了,而封条却完好无损,很是惊奇,别人建议他检查一下桶底,哥哥骂道:"笨蛋,我桶里的酒是上面少了,又不是下面少了。"

128. 哭与笑

小孩哭着来找妈妈。

"怎么了,孩子?"妈妈吃惊地问孩子。

"爸爸不小心,榔头砸着他自己的手指头儿了。"小孩哭丧着脸说。

"你哭什么?"妈妈问。

小孩哭得更厉害了:"因为我刚才笑了……"

129. 小淘气

妈妈看着儿子正在吃苹果,便问:"我叫你给奶奶吃的苹果,给她了吗?"

儿子回答:"给她了。但她还是给我吃了。"

妈妈问:"为什么?"

儿子回答:"我把她的假牙藏起来了。"

130. 同一时候

半夜里,刺耳的电话铃响了。约翰迷迷糊糊地拿起话筒,以为是长途电话,心里怦怦直跳。一听,原来是妈妈打来的。

"哦,妈妈,是您。出什么事了?"

"没什么,"他听到妈妈在笑,"我的孩子,今天是你的生日。"

"您!唉。您深夜把我从床上叫起来,就是为了告诉我这件事吗?"

"对。30年前的今天,你也是在这个时刻把我从床上折腾起来的。"

131. 谢谢

小琼琼回家对妈妈说："阿姨给了我块糖。"

"你说'谢谢'了吗？"

"没有。"

"那么赶快去说吧！"

小琼琼欢快地跑了出去，不一会儿她回来了，一脸的不高兴。

"碰上阿姨了吗？"

"碰上了。"

"你说了没有？"

"说了。"

"说了为啥还不高兴？"

"说了也没有用。"

"为什么没有用呢？"

"阿姨说'不用谢'。"

132. 打成一片

父亲厉声地训斥儿子："这学期你打架大有进步了！"

儿子委屈地说道："这——我已改过了。"

父亲指着学校的报告说："你改过了？这报告书上老师明明白白写着'过去和个别同学打架，现在和同学打成了一片。'

你还敢嘴硬！"

133. 意外结果

一位父亲抽彩奖,得到一件玩具。

回家后,他把五个孩子召集在一起,说:"谁该得这件玩具呀?平时谁最听妈妈的话?谁对妈妈的话从不回嘴呀?"

没想到,五个孩子同声答道:"爸爸最听话,玩具归爸爸。"

134. 童心

儿子对爸爸说:"爸爸,给我买本作业本。"

父亲爱理不理:"今天没工夫。"

不多一会儿,儿子从酒柜里拿出一瓶茅台递到父亲面前说:"这点小意思,请您收下。买作业本的事……"

父亲笑着点点头:"没问题。"

135. 像谁

小明从学校回来,见了爸爸就哭。

"怎么啦?有什么事?"爸爸着急地问。

小明眼泪汪汪地说:"今天有几个同学笑我,说我像猴子。"

爸爸连忙安慰他:"小明,别理他们。你只要像我就行了。"

136. 冬天无雷公

时值春日,儿子与父亲因为一件小事骂得不可开交。

父亲指指天,吼道:"你再骂我,雷公会惩罚你的!"

儿子说:"去年冬天,你骂爷爷,气得他跑到姑妈家住了十几天,怎么雷公没有惩罚你!"

"那是冬天,冬天无雷公!"

137. 小声点

一天,儿子神神道道地跑进书房,问爸爸:"一看到别人得了个低分就大声嚷嚷,好不好?"

爸爸回答:"当然不好!应该细声细气地安慰他,帮助他……"

儿子连忙说:"那我就告诉你件事:我算术只考了21分。"

爸爸突然嚷道:"什么?你——!"

儿子立刻做了个手势,说:"嘘——小声点。"

138. 勿念

一天,爸爸拿着一封信对小永说:"给我念一下三叔的信。"

小永拿起信念道:"二哥,您好!我近况甚好……"

半晌后,爸爸开口了:"怎么不念了?"

小永回答:"三叔叫'勿念'。"

139. 不能随便喊

一天,张老四的儿子到建筑工地上喊爸爸回家吃饭。

儿子来到工地,张口喊道:"喂,张老四,快回家吃饭。"

张老四见儿子直呼其名,气得回到家里,揪住儿子边打边问:"你为什么不喊爸爸而喊我名字。我的脸给你丢尽了,你这没教养的东西!"

儿子说:"工地那么多人,我如果喊爸爸,他们都会答应的……"

140. 父与子

一位父亲望子成才,所以老爱出一些怪题来考儿子。

一天,父亲问道:"树上有十只鸟,我一枪打落一只,树上还有几只?"

儿子回答:"九只。"

父亲给儿子两个耳光后,骂道:"鸟早被枪声吓飞啦!还有鸟在树上?"然后又问道:"你一个人在家里,当我回到家时,家里有多少人?"

儿子说:"一个。"

父亲发怒了,又要打,儿子辩道:"你一回来我就跑了!"

141. 证明

亨利同三岁的儿子去办理一张新的驾驶执照。办公室里的办事员用冷冰冰的口吻说："请出示身份证。"

亨利："我皮夹掉了，所有的证件都遗失了。"

办事员回答："我不管，你非得找出什么来证明你的身份才行，否则不予办理。"

亨利急忙转向小儿子，指着自己问："我是谁？"

"是爸爸！"儿子开心地大声回答。

办事员表情严肃地点点头："可以了！"他在表格里填上："由亲属证明。"

142. 赚了不少便宜

有个娇宠惯的小男孩叫楠楠，今年5岁。这天突发奇想，要爸爸叫自己"爸爸"。

爸爸不愿意，楠楠就大哭起来。

妈妈见了心疼地说道："让你叫你就叫吧，叫了也少不了肉，就一次还不行吗？"

爸爸听了很不高兴地叫了声"爸爸"，楠楠一听叫他"爸爸"，倒也不哭了。

可事后爸爸觉得管儿子叫爸爸这算什么名堂呢？

妻子就安慰说："算了，别跟他一般见识了，小孩子嘛！有时他不听话,你不也叫他'小祖宗'吗?今天你叫他爸爸,我看你还赚了不少便宜呢?"

143. 心理准备

汤姆放学回家,爸爸发现他的眼角又青又肿,就问他是怎么回事。

汤姆回答:"是基比,他仗着自己是大块头,经常欺负我们。"

"啊,真是太不像话了!我得告诉他父亲,他应该好好管教管教他的儿子,怎么能让他随便在外面撒野呢!你告诉我他家门牌,我这就去跟他讲理。嗯……顺便问一下,他父亲的块头大不大?"

144. 妻管严

有个小男孩叫丹丹,这天正在院子里玩,听见大人们说妻管严,就回到家去问爸爸:"什么叫妻管严呢?"

只见他爸爸悄悄地趴在他耳朵上说:"等一会儿你妈出去了,我再告诉你。"

145. 唯恐不犯

杰克做错了事,爸爸非要揍他一顿不可。

"饶他这一回吧，"妈妈求情说，"下次再犯，罚他也不迟。"

"哼！"爸爸怒气冲冲地说，"要是他下次不再犯怎么办？"

146. 好办

丈夫感叹道："哎，我们的儿子上了大学。听人说，上了大学是一年土，二年洋，三年不认爹和娘，到时儿子不认我们怎么办？"

妻子回答："那好办，我们只让他读到二年级不就可以了吗？"

144. 名誉有关

丈夫被6个月的女儿抓得满脸是伤，妻子催他去医院。

丈夫说："我不在乎这点伤。"

可妻子说："我却在乎我的名誉！"

148. 绝招

有一对夫妇第一胎生了个女孩，取名"招弟"。

第二胎又是一个女孩，取名"又招"。

第三胎还是一个女孩，取名"再招"。

但是第四胎仍旧是女孩，父亲火了，给她取名"绝招"！

149. 难言之痛

晚餐后,丈夫喊腰痛,妻子关切地让女儿给他捶背。

过了一会儿,妻子又柔声问丈夫:"还痛不痛?"

丈夫答:"不痛了。"

妻子又问:"真的不痛?"

丈夫点头称是。

"那好,去洗碗吧!"妻子吩咐。

150. 为什么离婚

杰克正和比尔谈着他离婚的事。

"你为什么要和你妻子离婚?"比尔问。

"她总躺在床上吸烟。"杰克无奈地说。

"这不能成为离婚的理由。"比尔说。

"可是她喜欢把我的耳朵当烟灰缸。"杰克愤懑地说。

151. 管事

甲乙两个丈夫聚在一起,正相互交流家庭权利问题。

丈夫甲说:"我在家是什么事都无权管啊!"

丈夫乙说:"我在家是专管大事,不管小事。"

丈夫甲问:"你管过什么大事呢?"

丈夫乙解释说:"没有,我和妻子结婚这十几年来,家里还没发生过什么大事。"

152. 吃了猪油

丈夫爱吃肥肉,妻子爱吃瘦肉,两人为买肉经常争吵。

丈夫便想了个理由骗妻子说:"男子汉就是要吃肥肉,不然打不过人家。"

妻子想想有道理,从此也乐意为丈夫买肥肉。

有一次,妻子看见丈夫与人家打架,心想他吃了肥肉,肯定能打赢。不料丈夫却被对方打倒了。

妻子不解地问:"你不是说吃了肥肉打得过人家吗?"

丈夫气呼呼地说:"那家伙吃了猪油。"

153. 懒得吱声

一天下午,有个人躺在床上对妻子说:"我想吃面条,给我做一碗。"

妻子点点头,就动手和面,等她和好面,对丈夫说:"请你把面板拿给我,我好擀面条。"

丈夫说:"我懒得下去拿,你就在我背上擀吧!"

妻子擀好面条,要切面了,她说:"没有面板怎么切,还得你下去拿。"

丈夫说:"我懒得下去拿,你就在我背上切吧。"

妻子一刀一刀地切下去,看见丈夫的背上冒出了血,就问:
"你痛不痛?"

丈夫说:"痛是痛的,但我懒得吱声。"

154. 并不熟悉

史密斯夫妇都是将近50岁的人了,丈夫一早便去上班,下午很晚才能回来。

他们家对面住着一对新婚夫妇,丈夫每天上班前下班后总要亲昵地吻两下漂亮的妻子,这种情景不止一次地被史密斯太太隔窗望见,她总感到丈夫对自己体贴太少。

一天,新婚夫妇正在甜蜜地接吻,史密斯太太一把拉过她的丈夫:"您瞧,人家对他妻子多么体贴,您为什么不能也那样做呢?"

"我当然愿意那样做。"史密斯先生犯愁地回答,"但我与那位太太还不十分熟悉呀!"

155. 注视

夫妻两人坐在公园的长凳上,丈夫隔不久就要向妻子的眼睛注视一会。

妻子满怀喜悦地对丈夫说:"亲爱的,自从结婚以后,你就很少像现在这样深情地注视过我了。"

"你错了,"丈夫道,"这里风太大,我想在你的眼睛里看看我的头发是不是被吹乱了。"

156. 对话

妻子从丈夫杯子里呷了一口白兰地,皱皱眉头说:"哎呀,难喝死了!"

"可不是嘛,"丈夫说,"可你平日还要唠唠叨叨,说我喝酒享乐呢!"

157. 常规检查

一个嫉妒心极重的妇女每天晚上都要对丈夫进行一次"常规检查"。只要在他大衣上发现一根细长的头发,就会认为他在和其他女人鬼混而大闹一场。

一天晚上,她仔细地找了又找,却什么也没找到。她突然一把鼻涕一把眼泪地哭叫起来:"这老色鬼现在居然连秃女人都要了。"

158. 葡萄架倒了

从前,有个小官吏三天两头被老婆揪打。一天,他被老婆打得满脸青紫,只好包上布去公堂应卯。

太守见状,问他缘故,他说:"昨晚乘凉,葡萄架倒了,刮破了脸皮。"

太守知道他怕老婆,厉声说:"胡说,是你老婆打的吧。来人!快把他的老婆拿来重重惩治!"

谁知话音刚落,忽听他老婆一声咳嗽。太守马上说:"不好了,统统下去,我家院内的葡萄架也要倒了!"

159. 结婚纪念日

琼斯太太问:"你的丈夫还记得你们结婚纪念日吗?"

史密斯太太说:"不,他压根儿没放在心上。所以我在一月份和六月份都提醒他一次,这样就能得到两份礼物。"

160. 同床异梦

有一对夫妻感情不好,各自都有外遇。

一天,夫妻俩正在睡觉,妻子突然在梦中惊慌地尖叫起来:"天哪!你快走,我丈夫回来啦!"

丈夫一下惊醒了,连忙穿上鞋说:"糟了!我这就走!"说着一溜烟地逃走了。

161. 怎么好

比利对妻子说:"你总爱与邻居比高低:他家添置新家具,你要我买一套;他家有了彩电,你要我也买一台。现在叫我怎么办呢?"

"他们家又买什么了？"妻子焦急地问。

"他新娶了个妻子！"

162. 猜谜

纽约一家旅馆的服务员和一位客人在猜谜语。服务员说："我母亲和我父亲有个孩子,这孩子既不是我兄弟,也不是我姐妹,你猜是谁？"

客人想了一会儿,摇头说："不知道。"

"是我呀!"服务员回答。

客人回去后,决定把这个谜语给他朋友猜。"我母亲和我父亲有个孩子,这孩子既不是我兄弟,也不是我姐妹,你猜是谁？"

朋友想了半天,也摇头说："不知道,那是谁呀？"

"纽约一家旅馆的服务员!"客人得意地说出了谜底。

163. 慢一点

一次,卡尔和乌勒一同骑车出去玩。突然,卡尔惊叫起来："哎呀!已经八点钟了!我们得赶快回家了。"

"不,慢一点,"乌勒说,"如果现在回家的话,一定会遭到大人们的痛骂,说我们回去太迟了;而如果等到十点才回家的话,他们则会拥抱我们,为我们终于安全到家而高兴。"

164. 度假

乔治有一个星期的假期。乔治的朋友问他："您打算到哪里去度假？"

乔治想了想，说："如果谢伊托夫还我钱，就全家到海滨去。"

他的朋友问："要是不还呢？"

乔治毫不考虑地说："那么全家到谢伊托夫家里去！"

165. 法盲

有个人犯了重婚罪，法官问他："你知道犯了重婚罪后，会有什么样的结果？"

犯人惊慌地说："我知道，犯了重婚罪后，就得侍候两个丈母娘。"

166. 太太没死

埃克顿太太喜欢别人仿照她的行为。一次，她对新请来的女佣说："太太干什么你就跟着干什么吧。"

第二天，埃克顿从公司回家，见到家里很乱，他非常恼火，到女佣房间一看，见女佣正在那里睡觉。

埃克顿生气地叫醒她，责问道："你怎么还不起身？"

女佣说："太太没起身我怎敢起身？"

埃克顿大怒:"你去死吧!"

女佣说:"太太没死我怎敢死?"

167. 我在吹喇叭

有个房客抱怨房东说:"楼上的住客非常讨厌,昨天他们在地板上又敲又跺脚,一直闹到半夜。"

房东问道:"他们把你吵醒了?"

"没有。"房客说,"幸好我在吹喇叭,没有睡觉。"

168. 陪葬品

一位音乐家去世了,留下严格的嘱咐,要人们把他的笛子和他葬在一起。

"你有什么感想?"一位朋友问音乐家的遗孀。

"幸亏他不是弹钢琴的。"

169. 谁有能耐

达姆和比利正谈论着昨天发生的事。达姆说:"昨天,我老婆和供电局的管事人吵了一架。"

比利关切地问:"谁赢了呢?"

"谁也没赢,谁也没输——平了。"达姆接着回答,"我家的电路被切断,而供电局也没从我老婆那里收到电费。"

170. 幸运

两个酒鬼在一起喝酒,其中一个说:"我真倒霉,我的老婆拿走我所有的财产跑了。"

另一个酒鬼说:"老兄,你还是挺幸运的,我的老婆拿走了我所有的财产,但是她还不肯走。"

171. 原因

法庭上,法官正在审问一名被告:"你为什么要用椅子砸你的老婆?"

被告回答:"因为我举不起桌子。"

172. 剪报

史密斯在专心致志地剪报纸,珍妮看了看他,问:"你从报上剪下什么?"

史密斯说:"一个人的离婚报告。因为他妻子私自搜查了他的口袋。"

珍妮感到疑惑,问:"你剪下这份报告干什么呀?"

史密斯回答:"把它放在我的口袋里呀!"

173. 下馆子的原因

两人在饭馆聊天,小张说:"我不得不在这儿吃饭,因为我妻子不想做饭。"

小丁羡慕地说：“你真走运。我之所以在这儿吃饭，是因为我妻子一定要亲自做饭。”

174. 不可能一样

有一对夫妇吵得很凶。吵到后来丈夫觉得后悔，就把妻子带到窗前去看一幅不常见的景象——两匹马正拖着一车干草往山上爬。

“为什么我们不能像那样一起拉，拉上人生的山顶？”

“我们不可能像两匹马一样一起拉，”太太说，“因为我们两个之中有一个是驴子！”

175. 墓碑

一位年轻的俄国寡妇给她刚死去的丈夫立了块很昂贵的碑，碑上铭刻着“你丢下我多么悲哀，叫我怎能忍受”。

当这位太太改嫁之后，她深愧于这块碑的铭文，于是灵机一动，添了一个词儿“孤独”，她就心安理得地生活下去了。

原来，这个铭文竟成了“你丢下我多么悲哀，叫我怎能忍受孤独”。

176. 更厉害的一课

女儿在同丈夫大吵了一架后回到娘家。

"妈妈,我回来住,给他上一课。"

母亲说:"如果你真要给他上一课的话,我就同你一起回去,在你那儿住一段时间!"

177. 不要迟到

小丁下班后在当地一家馆子里消磨得很晚。10点左右回到家时,他的妻子正坐在饭桌旁等他。

她没有盘问或责备他,而是爽快地问:"你想不想吃饭?"

由于已酒足饭饱,他回答道:"不了!"于是上床睡觉去了。

凌晨三点半,闹钟大噪。小丁匆匆起床,扭亮电灯。看过钟点后,对妻子咆哮起来。

"嗯,"妻子心平气和地回答,"要是你下班后要花四小时返回家中,我想你上班也需要同样的时间。我不希望你迟到!"

178. 爱莫能助

一个十几岁的男孩正在懒洋洋地躺在沙发上看电视,电话铃响了。"明儿,你妈妈呢?"

"她在拖地板。"小明回答。

"什么?"电话那头,父亲大声叫道,"她已经不像从前那么年轻力壮了。你为什么不帮忙?"

"我没法帮啊,"儿子回答,"另一个拖把已给祖母拿去用了。"

179. 将计就计

一个女人在饭馆里责骂她的丈夫。最后,她尖声叫道:"在世界上所有可耻的人中,你是最卑鄙的一个!"

这时,饭馆里所有的人都惊奇地看着他们。

她丈夫察觉后,马上提高声音说:"骂得太好了,亲爱的!你还对他讲了些什么?"

180. 谁的孩子

有个妇女提出要跟她丈夫离婚,原因是丈夫抛弃了她。这个女人共有 14 个小孩,年龄分别是 1 到 14 岁。

"他是什么时候抛弃你的?"法官问道。

"13 年前。"妇女回答。

"如果他是 13 年前离开你的,那么这些孩子是谁的呢?"法官问。

妇女沮丧地说:"他老是回来向我道歉,他每次回来,我们都会多一个孩子。"

181. 得意忘形

三胞胎的父亲打电话到报馆报告喜讯。接电话的记者没有听清楚。"请您再重复一次行吗?"他问。

得意的父亲回答道:"可以是可以的,不过我不想再要了!"

182. 下班后

约翰夫人在她丈夫下班回来时还在打扫房间,她的衣服又脏又旧,头发乱蓬蓬的,一脸灰尘。

她丈夫说:"我劳累了一天回来,见到的你竟是这样?"

他们的邻居,史密斯夫人恰巧也在场。她听到约翰先生的话,赶忙跑回家,仔细地梳洗打扮一番,等丈夫回来。

史密斯先生回到家时已经很晚了,慢慢地推开门,见到妻子一怔,随即气愤地吼道:"今天晚上,你要干什么去?"

183. 第二任妻子

一对看似不很年轻却很富有的夫妇走进珠宝店,面对众多漂亮的手镯,琢磨了半个多小时。

这两只手镯他们非常喜欢,其中一只价格相当贵,另一只较便宜,这使他们拿不定主意买哪一只好。

当然,店主希望他们买价格贵的那一只,这样可以相对多赚一些钱。

于是他对那位太太说:"别傻了,还是让你丈夫多花点钱,不然他会把这些钱花在第二任妻子身上的。"

一阵沉默后,那位太太生气地嚷道:"我就是他的第二任妻子。"

184. 抵押

先生在理发馆理发,太太陪在旁边看杂志。太太在杂志上看到了一篇有用的资料,想到附近去复印。理发馆老板说可以,但要留 50 元作为抵押。

太太指着丈夫说:"我丈夫在这儿理发呢。"

老板说:"不行,我要的抵押是要有价值的,并且是你一定会要回去的东西。"

185. 视力阻碍

两位男子在一起聊天:"结婚后我的视力出了问题。"

"这与结婚有关系吗?"

"是的,现在我看不见钱了。"

186. 打针

小丽和小菲正在交谈。

小丽说："我丈夫开的私人诊所,给病人打一针就有5块钱的收入。"

小菲说："嘿呀,这算什么收入！不瞒你说,我丈夫打一针可以赚进好几十块呢！"

小丽万分惊讶："他给什么人打针,能收那么多钱?"

小菲回答道："甲鱼！"

187.开饭哨音

这天,某建筑工地的负责人显得很不开心,他皱着眉头,问不久前到工地探亲的老婆:"是你在唱歌吗?"

老婆答道:"是的,怎么啦?"

"你唱高音时,请别拖得太长,工人们从脚手架上下来两次了,他们都以为那是开饭的哨音呢！"

188.两手准备

某渔家有一只现代化渔船,一次,夫妻俩驾船出海。

丈夫突发奇想:如果有一天自己不能开船了,怎么办?便觉得应该让妻子学会开船,就说:"亲爱的,你不但要会打鱼,也应该学会掌舵。假如我突然得了心脏病,你会开船的话,就能把船安全地开到岸边。"

妻子想想有道理,于是便用了一天的时间,学会了驾船的技术。

傍晚时分,妻子走进客厅,见丈夫正有滋有味地看电视,二话没说就夺过遥控器,换了个自己喜欢的频道。

丈夫正要发火,妻子却一脸和气地说:"亲爱的,你现在就到厨房去学习一下烹饪技术,好吗?假如我突然得了心脏病,你不但能做好晚饭,放好餐具,而且饭后还能刷锅洗碗,那样大家才不会被饿死呢!"

189. 娶两个

妻子边擦地板边抱怨:"唉!怎么一个家庭主妇永远有做不完的家务?"

丈夫在沙发上看着报纸,慢吞吞地说:"没办法呀!你又不同意我娶两个。"

190. 夫妻协定

有对夫妻,女的爱骂老公,男的爱打老婆。

这天,两个人又狠狠干了一仗,最后,都累趴下了。

妻子向丈夫提议道:"以后咱俩互相尊重,我改掉骂人的坏习惯,你也不要动不动就打人,怎么样?"

丈夫一拍大腿,说:"好,一言为定!要是你再骂我,我就揍死你!"

妻子马上喊道："混蛋！你敢！"

191. 没时间

丈夫问妻子："你跟谁在门口站着谈了三个多钟头？"

妻子说："邻居张太太。"

丈夫问："怎么不请人家进来坐坐？"

妻子说："她说她没时间。"

192. 夜半奇遇

约翰半夜才回家，妻子问他干什么去了，明明他是和朋友在外面喝酒，可他却说是因为在路上遇到了一个推销员。

"推销员？"妻子惊奇地问，"这个时候谁还会在大街上推销东西呢？"

"亲爱的，这是真的，他手上拿着一把匕首，大声地问我：'要钱，还是要命？'"

193. 怕你伤害我

一对夫妻，老婆掌管家中的一切，她说一老公不敢说二。

这天，老婆不知怎么突然向老公撒娇："老公，你爱不爱我？"

老公急忙回答："当然爱！"老婆一听，满脸笑成了一朵花。

隔了几分钟,老婆又不放心地问老公:"老实告诉我,你刚才说爱我,是不是怕伤害我?"

老公的声音怎么听怎么颤抖:"不……不是……我是怕你伤……伤害我。"

194. 抱怨

小王和小李正在聊他们的妻子。

小王说:"我每个月有五位数收入,老婆总是抱怨我赚钱少,可她每次还是要拿走两位数。"

小李羡慕地说:"你真幸运,老婆只拿零头。"

小王立刻埋怨道:"谁说的? 她拿的是前两位。"

195. 忘了

小华手上扎了根刺,见妈妈要拿缝衣针来挑,小华怕疼,妈妈就安慰他说:"你咬住牙,刺挑出来就不疼了!"

挑完刺,小华突然想起来什么,喊道:"妈妈,妈妈,我刚才忘了!"

妈妈问:"忘了什么呀?"

小华说:"你挑刺的时候我忘记咬牙了!"

196. 机落机飞

一天晚上,飞行员丈夫回家,想对妻子幽默一把,就在门外道:"飞行员777返航,请求降落。"

这时,房内突然传出一个男声:"飞行员737明白,立即腾出机位。"

197. 谁更怕

小赵是有名的胆小鬼。一天夜里发生地震,小赵在妻子的催促下穿衣服,可怎么也穿不上。

"你还不快点!"妻子喝道,"难道这会儿你不害怕吗?"

小赵哆嗦着说:"怕什么,大地比我哆嗦得更厉害!"

198. 同上

有对夫妻吵架,妻子是泼妇,脏话骂了一大堆;丈夫是教授,不会骂人,但忍无可忍,于是大叫:"同上,同上!"

199. 章鱼

母亲节快到了,妇女俱乐部在讨论该用什么动物来象征母亲。

章太太提议用章鱼。

会员们一听,眼睛都睁得像铜铃似的,问她理由。

章太太说:"每天面对一大堆的家务,难道你们不希望自己有八只手吗?"

200.妻子的威力

卡列新婚不久,朋友威廉问他:"喂,卡列,结婚以后,你体验到妻子的威力了吗?"

卡列不寒而栗,说:"太可怕了,不能抽烟,不能喝酒,还要挨骂。"

威廉同情地说:"这可太苦闷了。"

卡列突然跳起来,说:"苦闷? 就连苦闷她也是禁止的。"

201.咱家是平房

一个女人正和奸夫偷情,她的酒鬼丈夫喝酒回来敲门,女人慌忙中把奸夫藏在卫生间。

酒鬼喝多了,便要去卫生间吐,一开门看见奸夫光着身子站在里面,大怒道:"你他妈的怎么在我家?"

奸夫慌忙说道:"大哥,真不好意思,我和楼上的那个女人偷情,她丈夫回来了,我只好躲到你家了。"

酒鬼一想自己也有偷情的经历,便说:"唉,大家都是男人,不容易啊!"于是他就把自己的衣服给了奸夫,还送出了家门。

半夜,酒鬼酒醒了,起身就给妻子一个嘴巴。

妻子不解地问道:"你干什么打我啊!"

酒鬼大怒说:"我他妈的刚想起来,咱家住的是平房!"

202. 粗声

一个皇帝出巡多年返京,忽闻一皇妃生子,心想:我在外这么久,她怎会怀孕生子? 准是身旁太监所为,于是大怒,召集所有太监,并令他们排队报数……

于是太监开始报数了:"(细声)1、2、3、4……5(粗声)……"

"不用报了,"皇帝说,"把那个'5'关进牢里!"

夜过三更,那皇妃怀抱婴儿偷入死牢,对"5"说:"我已买通牢役,咱俩快逃,到一个谁也找不到的地方过幸福生活。"

"5"说:"来不及了,已经晚了(细声)……"

203. 回家很早

同事小李正向小王诉说心中苦闷。

小李哀叹道:"我工作很忙,经常有各种应酬,尽管我每天很早就回家了,老婆还是抱怨不断。"

小王问:"你通常什么时候回家?"

小李回答:"早上6点。"

204. 买衣服

有一天,老公提前下班回家,看见老婆还躺在床上,就问:"你怎么还不起床呢?"

老婆回答:"我没有衣服穿。"

"怎么可能呢?昨天不是刚买了新衣服吗?"老公一边说一边打开衣橱,"你看,买了一堆衣服嘛,鞋子在这儿,帽子在那儿,袜子在这儿……哎哟,天哪,你连男售货员也买回来了!"

205. 想睡觉了

年轻的妈妈一边哄孩子睡觉,一边给他唱着摇篮曲。

她唱了三个小时之后,孩子还是没有睡着,妈妈只能坚持唱下去。

最后,孩子抬起头说道:"妈妈,您唱的歌当然是很好的,可我现在想睡觉了。"

206. 包装不好

太太结婚多年没有孩子,她天天祷告,希望生个儿子。祷告果然灵验,太太终于生了个儿子,但长得很难看。

太太对丈夫说:"我一直希望儿子的头发是黑色的,皮肤是纯洁如玉的,可现在……"

丈夫笑笑,说:"哎,你真是,上帝送了这么好的礼物给我们,你还嫌包装不好。"

207. 同悲共喜

商人叮嘱老婆,如果他做生意赔了本,就把屋子弄得灯火通明;如果赚了钱,则点一支蜡烛就行了。

"为什么这样呢?"老婆不解地问。

"我赔了本,自然希望其他人陪我生气,"商人解释道,"让他们生气的唯一方法就是让他们看到我家灯火通明,发了大财的样子。"

"那你赚了钱呢?"

"如果我赚了钱,那我当然要他们陪我高兴,只点一支蜡烛,他们会认为我快要穷死了,一定会乐得跳起来!"

208. 留在晚上

丈夫每天清晨刮胡子时,对太太说:"亲爱的,每当我清晨刮胡子时,就像年轻了十几岁似的,感到精力非常充沛。"

太太听得烦透了,终于反唇相讥:"那你为什么不把胡子留在晚上睡觉时再刮呢?"

209. 这梦真好

一天清晨,丈夫对妻子说:"我昨晚做的梦真好。"

妻子问他:"你梦见什么了?"

丈夫说:"我梦见抽屉里有很多钱,我随便花;酒柜里有很多酒,我随便喝;咱家还雇了保姆,我不用天天洗碟子刷碗了。你说,我这梦说明了什么?"

妻子冷冷地回答:"说明你确实是在做梦!"

210.怎么讲

这天,丈夫买来不锈钢炊具,把铝制炊具收拾起来,妻子问原因,丈夫就说他看到一张报纸上讲,铝制品炊具易使人患老年痴呆症。

可是第二天,丈夫又把铝制品用上了,把不锈钢搁置起来。

妻子不明白了,丈夫解释说,报纸上讲,不锈钢里有镍的成分,易使人致癌;相反,铝制品使人患痴呆症的概率很低,可以忽略不计。

妻子听后,说:"那我们把不锈钢卖了吧?"

丈夫回答道:"不,看看明天报纸上到底怎么讲!"

211.母亲的贺信

一位母亲写信给他儿子,祝贺他订婚:"亲爱的儿子,我和你父亲听到这个消息非常高兴,感到很幸福。我们焦急地等待你们举行婚礼的日子,感谢上帝赐予你这美好的婚姻。"

当这个儿子看到信时,他发现这张纸的最后用另一种笔迹写了几句话:"你妈妈找邮票去了⋯⋯不要干这蠢事,傻瓜。过单身汉生活吧! 爸爸。"

212. 爱的秘诀

在"五好家庭"的表彰会上,记者问得奖的家长:"请问你们各家的夫妻为什么能相处得这么好?"

施工员说:"基础稳固是最重要的。"

电工说:"时而有火花,但我们接了安全线。"

旅馆老板说:"温暖的环境,愉悦的气氛,注重私密性。"

药剂师说:"爱是万灵药。"

邮递员说:"勤于做好沟通工作。"

会计师说:"必要时,千万得精打细算,保证收支平衡。"

213. 想要什么

约翰和玛丽结婚已经 10 年了,这天,夫妻俩商量买什么礼物来庆贺一下。

约翰问:"一件新貂皮大衣怎么样?"

玛丽说:"不行!"

"那么,一辆奔驰赛车怎么样?"

"也不行!"

约翰建议道:"那么,一幢乡下别墅呢?"玛丽再次拒绝了。

"那么,你到底想要什么样的礼物?"约翰问。

"约翰,我想离婚。"玛丽回答。

约翰说:"对不起,我不打算那么浪费。"

214. 离婚的理由

杨太太要求离婚,她对法官说:"整整20年了,每到周末,我都要给那个没良心的家伙搓背……"

法官问:"夫人,这就是你要离婚的理由吗?"

杨太太气愤地说:"要知道,就在上星期,我发现他的后背竟出奇的干净!"

215. 两个女人

甲乙两个女人在大街上相遇,甲问乙:"我听说,你又和你以前的丈夫复婚了?"

乙回答:"是的。"

"你不是很讨厌他吗?"甲疑惑地问。

"哼,我就是不能看到他过得幸福。"乙恶狠狠地说。

216. 讲究卫生

一家三口住进了新房,妻子见丈夫和儿子不讲究卫生,就在家中贴了一条标语:"讲究卫生,人人有责。"

儿子放学回来,见了标语,拿出笔改成了:"讲究卫生,大人有责。"

第二天,丈夫见了标语,也拿起笔挥手一改,标语成了:"讲究卫生,太太有责。"

217. 更加聪明

麦琪和凯丽正在争论谁家的狗更加聪明。

"我的狗真聪明。它每天都在门口等送报工,然后把报纸叼给我。"麦琪得意地说。

"我知道。"凯丽说。

"你怎么知道的?"麦琪问。

"我的狗告诉我的。"凯丽得意地回答。

218. 欺负弱者

李先生家有三个丫头,一个五岁,一个三岁,还有一个只有一岁多。

李先生每天一回家,三个丫头就争先恐后拥上来,把他缠得没办法。最后,他总是讨好地说:"乖,乖,不要吵啦。老大最乖,老二也乖,只是老三不乖。"

李太太听了颇不服气:"你怎么这样说话?三个孩子的表

现不都一样吗？"

李先生笑着说："何必太认真呢？反正老三人小,听不懂啦。"

219. 无法形容

儿子问爸爸："老师叫我们造一个句子来形容一个人很漂亮。"

爸爸回答："比如爸爸的秘书小霞阿姨长得很漂亮,你就可以说,小霞阿姨长得像天仙一样美丽。"

这时妻子突然下班回来,爸爸赶紧对儿子说："可是孩子你要知道,有些时候一个人的美貌是无法形容的,比如你妈妈。"

220. 钱包

爸爸正在责备儿子皮尔。爸爸严厉地说："你拾到钱包为什么不交给警察呢？"

皮尔一脸无辜,说："爸爸,因为那天警察局里没有人。"

爸爸问："第二天也没有人吗？"

皮尔回答："爸爸,第二天倒是有人,可是钱包里已经没有钱了。"

221. 爸爸的照片

一天，小明神神秘秘地闯进爸爸的书房，说："爸爸，给我一张你的照片吧！"

小明的爸爸奇怪地问："你要我的照片干什么用？"

小明认真地说："我要把你的照片贴在我的床前！"

小明的爸爸很是感动，便拿了照片给小明。

小明高兴地将照片贴好，小声说道："嘿嘿，这下好了，你敢打我，我就打你！"

222. 石膏像

妻子正和她的情夫在床上鬼混。突然，她的丈夫回来了。妻子连忙叫情夫站在墙角，在他身上撒了一些石膏粉，说："我让你动的时候你才能动。"

这时丈夫进来看见了石膏像，问："怎么有一座石膏像在这里？"

妻子说："我看戴维太太家里有一座，挺好看的，所以也去买了一个。"

丈夫没再说什么。

第二天丈夫起床后，拿了一块面包到石膏像前，说："快吃吧！我在戴维太太家里站了一整个晚上，连杯水都没喝呢！"

223. 假钞妙用

丽娜挺着大肚子在公园里散步。

这时,有一位男士请丽娜兑换一张百元大钞,丽娜看了看就兑给了他,可是回家给丈夫一看,原来是张假钞。

从那天起,丽娜便每天都要拿出这张假钞看上十几遍。丈夫见此,只得安慰说:"不经再伤心了,以后小心些就是了。"

丽娜说:"我不是伤心,我是在胎教呢!"

224. 没下雨

父亲和儿子在家。父亲让儿子到外面看看有没有下雨。

儿子不想出去,他叫了声趴在房子外面的狗。狗进来后,他摸了摸狗毛,对父亲说:"爸爸,天气很好,没有下雨。"

225. 想去哪儿

谢太太管先生管得很严,不论他到哪儿,她总是跟着,如影随形,预防他出轨。

这天,岳母打电话来说不舒服,谢太太回娘家照料母亲,老谢决定趁机出门到东区逛逛。

他穿上西装,照照镜子,习惯性地把手伸进口袋里摸摸,看看有没有零钱,结果摸到一张纸条,上面写着:"你穿得这样整齐,想上哪儿去?"

226. 大胡子

农夫汤姆长着满脸的大胡子,几十年来一直都舍不得刮掉。

一个周末,汤姆去了镇上,他的好朋友理发师吉姆好说歹说硬是帮他剃掉了大胡子,好让汤姆显得精神些。

等到汤姆晚上回到家时,他的老婆已经上床了。汤姆不想吵醒老婆,就脱掉衣服,轻轻钻进被窝。

过了一会儿,老婆伸过手来,在黑暗中抚摩着汤姆光滑的脸,说道:"杰克,如果你今天晚上还想做点事的话,你就得快点,大胡子很快就要回来了。"

227. 怎么啦

一天清晨,约翰起床后,在床头团团乱转,显得惶惶不安。妻子关切地问:"怎么啦?有什么不舒服?"

约翰说:"昨晚我做了个梦,嚼牛皮糖嚼得很吃力。"说完,一头冲进了浴室。

妻子跟了过去,看约翰正在称体重,说:"那又怎么样,不就是牙根酸点嘛!"

约翰急了:"可是,我刚才发现放在床头柜上的皮带只剩下半截了!一夜没好好睡,体重一定轻了不少!"

228. 和睦的邻居

琼斯夫妇的公寓里堆满了行李和包裹。突然门铃响了起来，门外站着一个中年女士，女士说她就住在隔壁。

女士一进门就说："我只是来欢迎你们到了一个新家。在这座城市的许多地方，邻居们关系很不友好，有许多人甚至连住在隔壁的邻居都不认识。不过在这幢大楼里，大家都和睦相处，我敢肯定你们在这儿会感到快乐的。"

琼斯夫妇惊讶地互相对视。然后琼斯夫人说道："但是，太太，我们不是新搬来的，我们住在这儿已经两年了，明天就要搬走了。"

229. 自家人带头

张村的张狗剩通过请客拉票当上了村委会主任。

选举结束，狗剩心里高兴得要命，可回家路上，村里人一时改不过口，还像往常那样和他打招呼："狗剩，选上了？""狗剩，回家呀？"狗剩虽然哼着鼻子答应着，但心里却十分不快。

回到家里，娘正在生火做饭，看到狗剩回来了，就喊："狗剩，挑水去！"连喊几遍，不见应答。

只见狗剩背着双手，踱到娘身边说："娘，以后要喊'主任'。"

娘一愣，说："自家人还要称官职？"

狗剩嘴一撇,正色道:"自家人不带头,怎么要求别人?"

230. 汪汪叫

一个结婚十年的男人正在请教一位婚姻顾问。"刚结婚那会儿,我非常幸福。我在店里忙了一天回到家,我的小狗绕着我跑,汪汪叫,而我的妻子给我拿来拖鞋。现在一切都变了。我回到家里,我的狗给我拿来拖鞋,我的妻子对着我汪汪叫。"

"这没什么,"婚姻顾问说,"你得到的服务还是一样的呀!"

231. 好印象

大李非常重视衣着,希望给人留下一个好印象。

不久,他妻子在医院生了个儿子,家人催他快去医院,可他一点儿也不急,梳妆打扮了好半天。

家人再三催促,他却认真地说:"一会儿我就要跟我儿子见第一面,总要给他一个好印象吧!"

232. 内外有别

妻子近来发现,丈夫在外吃饭与在家吃饭,形态截然不同:在外面吃饭狼吞虎咽,汗水淋漓,在家里吃饭细嚼慢咽,凝神静气。

妻子问丈夫这是什么原因。丈夫回答说:"这叫内外有别。

在外面,吃别人的得吃出干劲来;在家里,吃自家的要吃出感情来。"

233. 孩子的教育

刚刚做了几个月妈妈的琼斯回到娘家就抱怨不停,说如今带孩子真累,要花那么多时间教孩子走路和说话。

"这算什么!"琼斯的妈妈一边招呼女儿坐下,一边慢条斯理地说,"你只不过花一年多时间教孩子学说话、学走路,但你想过没有,累人的事情还在后头呢,你要花大半生时间教你的孩子闭嘴和坐下!"

234. 别往坏处想

出嫁的女儿在电话另一端哭哭啼啼地说:"妈! 现在都后半夜了,他还没有回家,他可能又去寻欢作乐了。"

母亲安慰道:"孩子,别总往坏处想,兴许他撞车了呢!"

235. 再来一遍

两口子吵了很久,邻居进来劝架,丈夫平时很要面子,便掩饰道:"我老婆要演一个小品,有一场吵架的戏,我在帮着她排演。"

邻居不相信,委婉地说:"这不太像吧?"

丈夫马上对妻子说："我说你没激情,不投入吧,瞧,连邻居都觉得不像,咱们再来一遍!"

236. 儿女们

父亲下班回家,儿女们围过来,争先恐后地报告自己在家里都做了些什么家务。

老大说："我把所有的盘子都洗干净了。"

老二说："我把所有的盘子都抹干净了。"

老三说："我、我把所有盘子的碎片都收拾干净了。"

237. 出不来

小刚写作文,碰到要写一个"屎"字,一时卡了壳,挠破脑壳也想不起这个字该怎么写。

于是他就去请教爸爸大刚,不料大刚电脑用多了,也不知怎么写,他一边挠脑壳,一边讪讪地说："明明就在嘴边,可怎么就是出不来了呢!"

238. 散步

父亲出远门做生意回家后,发现年幼的儿子骑了一辆崭新的自行车,他就问道："你从哪弄到钱买的自行车? 它至少需要300美元!"

男孩回答说："我散步挣来的。"

"散步？没有人能靠散步挣钱！这些钱,你到底是从哪里得来的？"

"真的是我散步挣来的,爸爸。你外出后的每天晚上,在银行里工作的那个伯兹先生都会到我们家来看妈妈,他每次都会给我 20 美元,让我去散步。"

239. 保岗

单位实行竞聘上岗,一个身怀六甲的女职员因为自己业绩欠佳,顿时有了下岗之忧。

不久,方案出台了,内有一条:孕期女职员不在下岗之列,这个女职员大喜过望,恰逢丈夫向她征求意见,问孩子生下后取什么名字好,她脱口而出:"是孩子保住了我的岗位,孩子就叫保岗吧。"

240. 再婚的感受

教授和妻子感情不和,两人离婚后又各自结了婚。

有一天,一个学生问教授:"教授先生,您能说说您再婚的感受吗？"

教授深有感触地说:"再婚的感觉就和你们补考及格差不多!"

241. 藏匿

约翰去杰克家做客,他们好多年没见面了,一进门,杰克就给他介绍自己的 12 个孩子。

约翰说:"这可真是个大家庭了,你们一定过得很美满吧?"

杰克郁闷地说:"哪里啊,我的老婆可让我受够了。"

约翰吃惊地说:"那你干吗还生这么多孩子?"

杰克无奈地说:"我是故意的,因为这样我就能藏在孩子堆里了。"

242. 今非昔比

张先生的妻子爱发牢骚,这天闲来无事,她又对丈夫唠叨开了:"唉,你们男人,就是婚前婚后两个样。婚前你对我多好啊,走路碰到一摊水,你都抱着我过去。可你现在就是碰到一条河,也不会抱我了。我觉得你对我的爱,只有过去的二分之一了。"

张先生无奈地答道:"这有什么办法呢?过去你的体重也只有现在的二分之一呀!"

243. 父子俩

午夜,父亲叫道:"儿子,别看足球赛了,你明天一早还要上学呢。"

儿子答道:"爸,你也别看了,明天一早还要上班。"

父亲说："我早上起不来,可以请病假。"

儿子说："那我早晨起不来,也可以请事假。"

父亲问："你请事假干什么?"

儿子答道："父亲有病,儿子侍候是理所当然的。"

244. 相当

阿赵中午下班回家,肚子饿得咕咕叫,老婆却忙着去喂猪。

阿赵不高兴了,责怪道："老婆,总不见得又要我去买方便面吧,先把我喂饱行不行?"

老婆一愣："你说什么? 要我喂你? 你又不是猪!"

阿赵可怜兮兮地说："我每月赚 1000 多元工资,把我喂好了,就相当于你每年养了 20 头猪呀!"

245. 各负其责

妻子对丈夫说："我和女儿说定了,高考前的各科测验,90分以上奖 100 元,90 分以下罚 100 元,罚的钱从她每年的压岁钱里扣。"

丈夫说："好主意! 不过这事儿得咱俩分工负责。"

妻子问："你啥意思?"

丈夫回答道："你确保奖金兑现,我负责罚款没收。"

246. 取名

易教授七十多岁才抱上孙子,全家对这小东西异常疼爱。越是这样,取名就越难,所以直到周岁还没取上名字。

易教授是个文学家,他认为孩子应成为一个诗人,所以应该叫易东坡;孩子的父亲是个京剧演员,自然认为孩子应叫易兰芳;小姨是个歌迷,希望孩子将来成为歌星,应叫易学友。

大家各抒己见,互不相让。易教授发话了:"这样吧,在地上放上苏东坡文集、梅兰芳剧照、张学友唱片,让孩子自己来选,选什么叫什么。"

放好东西之后,又把孩子放在地上。只见孩子瞧瞧这个,摸摸那个,但都没拿,只见他爬向墙角,抱起那里的一个空可乐罐子哈哈大笑,大家惊呼:"莫非这孩子想叫易拉罐?"

247. 有备无患

有人问玛丽:"听说你丈夫是搞杂技的?"

玛丽回答:"是的。"

那人又问:"那多危险,万一从空中摔下来怎么办?"

玛丽说:"不是有备用的保险绳吗?"

"万一它断了呢?"

玛丽凑到那人的耳朵边,小声说:"不瞒你说,我也准备了另一个丈夫。"

248. 变化

半夜两点,妻子从别墅的二层走到一层客厅,看到丈夫还在跟一帮赌友玩牌,就对他们说:"听着,能不能让我在自己的房子里安安静静地睡一会儿?"

丈夫说:"轻点,亲爱的,现在这已经不是我们的房子了……"

249. 呼叫转移

春节里,小丽的弟弟从国外留学回来。姐弟俩感情很深,加上久别重逢,晚上弟弟硬要跟小丽睡一屋。半夜里,突然响起一阵铃声,把小丽吵醒了。弟弟说:"不好意思,是我的手机收到短信了。"

小丽生气地命令弟弟将手机关掉。可躺下没多久,弟弟打起了呼噜,一声比一声响,一声比一声高,吵得小丽更睡不着了,她不耐烦地将弟弟拉了起来:"你这呼噜还让不让人睡觉啊?"

弟弟一脸的委屈,说:"谁叫你让我把手机关掉的,这下可好,'呼叫转移'了吧!"

250. 专业对口

玛丽妈妈在电信部门工作,凡事工作第一,她甚至要求女儿谈朋友,也要和电信有联系。

这天,玛丽带回一个叫彼得的男朋友,妈妈刚要问话,玛丽就赶紧说:"彼得对电信业贡献特别大,如果大家都和他一样,保证你们的利润能翻两番!"

"是吗?那太好了!"妈妈一听来了兴趣,"这么说,他有扩大电信业务的发明?"

彼得连连摇头,涨红了脸说:"没什么发……发明,我就……就是说……说话不……不利索。他们都说……说就是电……电信部门喜……喜欢我。别人打……打五分钟电话,我……得打……打半小时!"

251. 传男不传女

双亲去世后,兄妹为争房产各执一词。

妹妹:我俩本是同根生,房产自有我一份。

哥哥:不对,这房产"传男不传女"。

妹妹:你有什么根据?

哥哥:当然有根据了。你看,大家都把这房子叫作"公寓",而从来没有人叫它"母寓"。

252. 害怕

阿三陪妻子散步,走累了,坐在公园的石凳上歇息。

不一会儿,走过来一对帅男靓女,坐在离他们不远的石凳子上,旁若无人地拥抱接吻。

妻子见状,说:"你看他们多浪漫,你想不想啊?"阿三吞吞吐吐地说:"想是想,但我……我有点怕。"

妻子问:"真老土,怕什么呀?"

阿三耸耸肩说:"我怕……怕那个女孩不愿意,更怕那个男的揍我一顿!"

253. 戴面具

妻子晚上要参加一个假面舞会,为了给同伴带去惊喜,她让丈夫帮她找一个面目狰狞的魔鬼面具。

然而丈夫连续找来的几个面具都不能令妻子满意。

她一再要求:"亲爱的,麻烦你再帮我找一找,这个还不够狰狞可怕!"

"亲爱的,"丈夫不耐烦地说,"如果你想达到那种最狰狞最可怕的效果,参加舞会时干脆就不要戴面具了。"

254. 过不去

丈夫对妻子说:"亲爱的,这些天你怎么老是跟我过不去?我到底哪儿做错了,你倒是说呀!"

妻子回答:"哼,还不是因为你那个当局长的爸爸。"

丈夫觉得疑惑:"可他一个月前就已经去世了呀!"

妻子说:"原因就在这儿。难道你还想摆一辈子局长儿子的架子?"

255. 比较

眼看就要中考了,儿子依然沉浸在他自己的游戏机世界里,爸爸批评说:"你这么大了,怎么还分不出轻重? 不看看都到什么时候啦,下回考试,你非得给我拿个第一回来不可。"

儿子不服气,问爸爸:"你老要我拿第一,那你在单位里拿的工资也是最高的吗?"

256. 不是人

老婆从外面回来,发现门反锁了,就喊丈夫开门,可是喊了很久没人应声。她正想发火,丈夫从门缝里递出一张纸条,上面写着:对不起,里面没人。

老婆非常生气:"那你是什么?"

过一会儿,纸条又出来了:我不是人,这是你昨天说的。

257. 没喝酒

老赵要去走亲戚,出门前老婆叮嘱他不许再喝酒了,那样对身体不好,老赵满口答应,可是回来的时候,依然一副醉醺醺的样子。

老婆责备说："不是叫你不要喝酒了吗,怎么还不听?"

老赵嬉皮笑脸地说："啊,我只喝了半个小时,这时间哪能算久啊?"

258. 从容处理

一对夫妻赶到机场办理登机手续的时候,因为到得比较晚,没有换到排号连在一起的座位。

男的再三要求说:"我们是夫妻,能不能照顾一下?"

小姐从容答道:"先生,我们处理的是机位,而不是床位,非常抱歉!"

259. 谁没口才

甲是新上门的女婿,岳父说他呆笨木讷,没口才,甲不服,要跟岳父好好谈谈,于是他见了岳父就问道:"岳父大人,今天初几了?"

岳父答道:"初一!"

"明天呢?""初二!""后天呢?""初三!""再后天?""初四啊!""再后来呢?"

岳父气得扭头便走,这以后,甲逢人便吹:"岳父说我没口才,他才没口才呢!我打算同他从初一谈到十五的,可刚谈到初四他就无话可说了!"

260. 离婚原因

一个丈夫在法庭上请求离婚,他说:"法官大人,我已经无法再和太太生活下去了。她太粗暴,十年前就往我头上扔盘子。"

法官问:"可是,为什么你现在才申请离婚呢?"

丈夫回答道:"因为她最近瞄得更准了。"

261. 好运气

丈夫下班回家,额上有一块红印,太太见了大怒道:"这是谁的口红?"

"不是口红,是血,开车时候撞了一下,前额撞在方向盘上了。"

太太面露喜色地说:"算你运气好。"

262. 我很重要

妻子:"为什么你总是把我的照片装到包里带去办公室呢?"

丈夫:"每当我遇到困难时,我就会把你的照片拿出来看上两眼,困难就迎刃而解了。"

妻子:"你看,我对于你是多么的重要啊。"

丈夫:"是的。因为跟你相比,什么困难都不算困难了。"

263. 意外效果

妻子在美容院里接受了最新化妆术,嘴唇一片鲜红,眼睛用眼线、眼影、睫毛膏抹得非常鲜艳。

她对自己的新形象很满意,急急忙忙赶回家,想给丈夫一个惊喜。

丈夫正坐在家里愁眉苦脸,见到妻子,顿时转忧为喜,说:"太好了!咱们的儿子太淘气了,我怎么说他都不听,不过有你这副样子,肯定会把他吓唬住的。"

264. 不留面子

张三怕老婆,但在外人面前总说老婆怕他。

一天,他家来了客人,他下厨做菜,让老婆陪客人喝酒。有盘菜盐放得多了,他老婆又骂开了。

张三怒气冲冲地掂着菜刀出来,指着老婆道:"好大的胆,你骂谁?"

老婆毫不示弱:"我骂你哩!你放那么多盐做什么?想咸死我啊?"

张三没想到老婆当着客人的面仍不给他留面子,愣了一下,一拍桌子,说:"你骂我也就算了,要是敢骂客人,我宰了你!"

265. 有效处罚

收银台前,商店收银员看到有位女顾客,胳肢窝里夹着一只电视遥控器,就好奇地问:"你带这个干吗?"

女顾客回答道:"我丈夫是个电视迷。我要他跟我一起出来购物,他不干,我想了想就把遥控器带出来。这是对他最大的处罚。"

"哈哈,这个没用,他可以采用手动方式开电视呀。"

"但没了遥控,他就别想躺在沙发上身子不动地换台啦。"

266. 幻觉

丈夫刚做了大手术,妻子守在病床旁,轻轻地握住他的手,等着他醒来。

几分钟后,丈夫的睫毛闪动了一下,睁开眼,仔细地打量着她,说:"您好美丽啊!"然后又睡了过去。

好一会儿,丈夫又睁开了眼,打量着她,说:"五官倒还端正。"然后又沉入了梦乡。

好容易等丈夫醒来,女人着急地问:"亲爱的,你第一次醒来时赞叹说我好美丽,第二次醒来时对我的评价仅是个'五官端正',前后才儿分钟,怎么有这么大的差别呢?"

丈夫看着她毫不迟疑地说:"因为麻药的作用正在逐步消失。"

267. 乘机施教

大火已熄,消防人员开始收拾工具。

旁观的一位母亲对孩子说:"看见了吗? 他们玩过之后,就会把玩具收拾好!"

268. 谁更厉害

几个女人在一起互相炫耀着自己在家中的地位。

第一个女人说:"我丈夫每月的工资奖金,都一分不少地上缴到我手里!"

第二个女人说:"我们家中的大小事情,全由我说了算!"

第三个女人说:"我丈夫在我面前每天都低着头讲话!"

前两个女人一起惊叫了起来:"天啊! 你都用了些什么办法呢?"

第三个女人慢腾腾地回答道:"这很简单,因为我身高1米5,而我丈夫身高是1米8。"

269. 报告单

父亲看儿子带回来的报告单,越看越生气:数学,中;语文,差;英语,差。

"啪!"他把成绩单朝儿子甩过去:"我看你越来越不像话了,你还有什么好的?"

"爸爸,"儿子抖抖索索地重新把报告单送到父亲面前,"你看到那一项了吗?"他指了指最后一行,那里写着:健康状况,优。

270. 妻管严

孙李是个典型的"妻管严",妻子说东他从来不敢指西。

但某日,他从邻居嘴里得知自己竟然被人戴了"绿帽子",一时气得在家里大发雷霆,骂完妻子又接着骂那个给自己戴绿帽子的人。

正在这时候,妻子回来了,瞪着眼睛吼他:"你骂谁呢?"

孙李顿时呆住了,过了半晌,支支吾吾地说:"我……我是说,我们家多……多了个亲戚,你怎么也不告诉我……"

271. 不可能的事

妻子特别爱吃肉,又担心自己会发胖。

这天,她忧心忡忡地对丈夫说:"老公,我这么吃下去,你说我会不会变得像猪一样胖?"

丈夫笑着安慰她道:"怎么可能呢,不管多胖,你都只有两条腿呀!"

272. 逗乐子

妻子给丈夫逗乐子,说:"二十年前,我的一块手表掉到咱前院的水井里,昨天捞上来时竟然还在走,而且分秒不差,真不可思议。"

丈夫撇撇嘴:"那算什么!我三叔二十年前掉到这口井里,昨天才爬出来,安然无恙。"

妻子惊得张大了嘴巴:"二十年啊!他在井底干吗?"

"给你的手表上发条啊!"

273. 分门别类

一对新婚的小夫妻对生活精打细算,凡是妻子出去买东西回来后都要向丈夫如实汇报,记入生活分类账本。

周日,妻子和同事们出去购物,回来后大包小包地往家拎,并向丈夫汇报购物费用:"衣服和蔬菜共花费 300 元。"

丈夫答道:"列入生活费用。"

"牙膏、肥皂、洗发露等共花费 100 元。"

"列入日用百货费用。"

"口红、润肤霜等化妆品共花费 400 元。"

丈夫挠头想了想,随即答道:"列入装修费用。"

274. 该谁去叫

三岁的儿子要爸爸为他拿一听饮料,爸爸为了培养儿子的自主精神,就说:"谁的事情谁去做。"

一会儿,饭菜做好了,爸爸对儿子说:"快去叫妈妈来吃饭。"

儿子一动不动,连眼皮也没抬,爸爸以为他没听见,又说了一遍,话刚说完,只见儿子慢慢地抬起头来,一本正经地说:"谁的老婆谁去叫!"

275. 希望的模样

儿子问妈妈:"妈,'希望'是什么样子啊?"

妈妈回答:"你爸买了彩票后的模样就是。"

儿子:"那什么又是'失望'呢?"

妈妈:"就是你爸看到彩票没中奖时的模样。"

儿子:"'绝望'呢?"

妈妈笑了:"就是我不给钱,你爸没钱去买彩票时的模样啊!"

276. 联想

结婚20周年纪念日,妻子戴了顶新潮的假发套,娇滴滴地对丈夫说道:"亲爱的,怎么样,我今天的打扮有没有让你想到什么?"

妻子本指望丈夫会说像某个明星一样漂亮,没想到,丈夫一拍脑袋说:"对了,家里的拖把又忘买了。"

277.醉酒的丈夫

甲乙两人在谈论她们的丈夫。

甲说:"听说你丈夫经常喝得酩酊大醉,每天很晚才回家。你怎么不劝劝他?"

乙回答:"不劝也罢,每次他喝醉了回到家,我就说:'先生,能给我买杯酒吗?'他听到这话,总是给我200元,也是笔不小的收入。"

278.别让她听到

父亲和索尼一起读一些有关动物生活习性的书籍。

索尼边翻书边说:"爸爸,老师告诉我们,许多动物每年冬天都要换一件新皮袄。"

父亲听到这话,立刻紧张地说:"嘘,小声点,孩子,你妈妈就在隔壁房间里,千万别让她听到这话。"

279.产品说明书

小玉和丈夫大吵场后,便决定不理丈夫。一个星期过去了,不管丈夫怎么道歉,小玉就是不说一句话,脸还绷得紧紧的。

这天,小玉起床后发现床头放了一张《产品说明书》,上面写道:

品名:小玉;产地:中国广东;规格:25 岁 × 48 公斤 × 1.65 米;特性:易燃易爆;注意事项:小心轻放……

小玉看完,不禁扑哧一笑,脸上终于露出了笑容。

280. 有此爱好

小赵今年是第三次参加高考。录取分数线公布后,酷爱收藏的爸爸打电话问他:"这次考得怎样?"

小赵无奈地说:"爸爸,你不知道,收集历年高考准考证是我的一大爱好,现在我已经收集两个了。我现在正为收集明年的准考证做准备。"

281. 玩游戏

约翰有三个非常活泼好动的儿子。

这天吃过晚饭后,他和孩子们在一起玩警察抓小偷的游戏。三个儿子拿着玩具枪一起朝他"射击",嘴里大叫道:"砰! 爸爸中弹死了!"

约翰"啊"的一声跌倒在地。

这时,正好有个邻居来他家串门,看到约翰跌倒在地好半天没爬起来,就赶紧跑过来,问他是不是跌倒时受了伤。

约翰闭着眼,小声说:"嘘——没受伤,你让我躺一会儿,这是我一天中唯一一次有机会休息。"

282. 居心不良

妻子:"明天是我妈妈的生日,你打算送什么给她?"

丈夫:"送几条香烟吧!"

妻子:"你疯了? 我妈根本不抽烟,你又不是不知道。"

丈夫:"我知道啊,只是我每次去她那里,她光招呼我喝茶。"